鹿児島の怖い話

～西郷星は燃えているか～

濱 幸成

鹿児島の怖い話　目次

第一章　怖い幽霊

第二章　怖い心霊スポット

第三章　怖い神社

第一章　怖い幽霊

城山公園

鹿児島市城山町

私は平成二十六（二〇一四）年から二十七（二〇一五）年にかけて、車中泊をしながら日本全国の心霊スポットを訪れたのだが、その道中では様々なことが起こった。

心霊スポットの撮影中、自殺者に間違われたり、夜の山道を走っている途中、遭難した老人を救助するなど、今でも鮮明に脳裏に浮かんでくる出来事の中でも、特に怖かった出来事というのは、時折フラッシュバックしては私を身震いさせる。

ある日、鹿児島市各地の心霊スポットをまわっていた私は、五か所ほど心霊スポットの撮影を終え、車の中で寝ることができそうな場所をインターネットで探していた。

しばらく検索していると、「城山公園」の駐車場で寝ることができるという情報を得たので、食事を済ませてから現地へと赴いた。

現在は観光地として知られるこの公園一帯は、かつて西南戦争の激戦区であり、戦時中に城山を包囲した明治政府軍は一斉に砲撃を開始し、薩摩軍（旧薩摩藩士を中心とする軍隊）は敵陣目掛けて岩崎谷を駆け下り最後の抵抗を行った。西郷隆盛は腰と太ももに銃弾を受け、別府晋介の介錯《かいしゃく》によって最期を遂げたといわれている。

この場所は壮絶な歴史の舞台ということもあり、未だに幽霊の目撃情報や、心霊写真が撮影されるという噂話が絶えないようだ。

アクセルを踏みしめて城山の坂道を上り終えると、縦長の駐車場が見えてくる。スピードを落として進入し、駐車場内の端に駐車してから車を降りた。駐車場の先には長い階段があり、そこを上っていくと、明るい時間ならば桜島を見ることができる展望所があり、暗くなってからは夜景を楽しむことができる。

夜風を浴びながらしばし黄昏《たそがれ》た後、車に戻ると後部座席のシートを倒して横になった。

窓を少しだけ開けて、夜風を感じながら携帯電話の液晶を見つめているうちに睡魔が襲ってきて、うとうとと夢と現実の狭間を彷徨《さまよ》っていた時のことだ。

車の外を誰かが歩き回る足音が聞こえてくる。

最初は夜景を見に来た人かと思ったのだが、不思議なことにその足音は、私の車の近くを行ったり来たりしている。

足音によって目が覚めてしまった私は、スモークを張ったウインドウ越しに、ゆっくりと頭を持ち上げて外を覗いてみた。


ジャリ！　カチャ！　ジャリ！　カチャッ！


地面を踏みしめる音とともに、固い金属のようなものが擦れる音が聞こえてくる。

(何かがおかしい……)

私は顔の上半分を窓の位置まで持ってきた状態のまま、目だけをきょろきょろと動かして足音の主を探すものの、そこには誰の姿も見えない。


ジャリ！　カチャ！　ジャリ！　カチャッ！　ジャリ！　カチャ！　ジャリ！　カチャ

ッ！

しかし、次第に足音はその数を増していき、数人の足音が混ざり合ったそれは、まるで軍隊の行進のようだった。

確実に生きている人間の足音ではないと気付いた私は、とにかくここに居てはいけないと、車の外には出ず、後部座席から直接運転席へ移動すると、じっとりと汗ばんだ手でキーを差し込み、エンジンをかけた。

ライトを点けて発進した時には足音は消えており、照らし出された周囲に人の姿は見えない。

左右に駐車している車がないことを確認すると、荒々しくハンドルを切って方向転換し、駐車場の出口に向かって走り始めた。すると、方向転換が終わると同時にカーオーディオが起動し、先ほど流していた音楽のタイトルがディスプレイに表示された。

しかし、次の瞬間聞こえてきたものに私は自分の耳を疑った。

「ナ～ムミョ～ウホ～ウレ～ンゲ～キョ～ナ～ムミョ～ウホ～ウレ～ンゲ～キョ～」

スピーカーから流れてきたのはお経だった。

相変わらずカーオーディオのタイトルは、当時流行っていたヒップホップアーティストの曲名が表示されているのだが、聞こえてくるのは低くくぐもった僧侶と思わしき男の声だけだ。

ハンドルを握る手は冷や汗でぐっしょりと濡れてしまい、あまりの気味の悪さに吐き気が催《もよお》してくる。必死にハンドルを切りながら、なんとか城山を降りきったところでお経は聞こえなくなり、スピーカーから流れてくるのは元の音楽に変わっていた。

この日、私は近くのラブホテルに一人で入り、電気を点けたまま眠りに落ちた。


今でも私は車中泊しながらの心霊スポット探索を続けているのだが、後部座席に寝転がっている際、近くから足音が聞こえてくると、ビクリと体が反応して、あのお経が頭の中で反響することがある。

妙円寺詣り

鹿児島市〜日置市伊集院町

この話は、私が鹿児島取材に行った際にお話を聞かせてもらった、某商店を営んでいる鹿児島市在住の幸子さんが二十年ほど前に体験した話だ。

幸子さんは小・中学校時代、毎年家族と「妙円寺詣り」に参加していたのだという。

妙円寺詣りとは、鹿児島三大行事の一つで、「鬼島津」の異名で知られた、戦国時代から安土桃山時代にかけての薩摩国の武将・島津義弘が、関ヶ原の戦いから奇跡的な生還を遂げたことを記念して、関ヶ原の戦いの前夜に当たる旧暦九月一四日に、甲冑に身を固めた武士たちが、現在の鹿児島市から日置市伊集院町の徳重神社間・往復四十キロメートルの道程を、夜を徹して歩き参拝したことに端を発する。

元々は武士の間で受け継がれていた行事だが、明治時代以降は小・中学校の鍛錬行事として行われ、現在では毎年十万人以上の人々で賑わう一大イベントとなっている。

幸子さんは、「代々受け継がれている鹿児島の行事を、自分たちが受け継いでいくんだ」という責任を幼心に感じており、妙円寺詣り前日の夜はなかなか寝付けなかったそうだ。

日曜日の朝、まだ暗いうちから起きて、家族全員で朝食をとると、しっかりと準備運動をしてから徳重神社を目指して歩き始めた。

歩き始めは体も重くだるさを感じたものの、歩き続けているうちに体が目覚めてアドレナリンも出てくるせいか、歩き始めとは反対に段々と疲労を感じなくなってくる。

家を出たときは薄暗かった空も次第に明るさを増していき、それとともに気温が上がり汗が滲み出てくる。

周囲には同じように妙円寺詣りをしている人々が徳重神社を目指して歩いており、大通りには昔ながらの甲冑を装着している一団も見える。

人の群れに交じって一時間ほど歩いたところで、周囲の光景に何やら違和感を覚えた。

いつの間にか自分の周りを囲むようにして歩いていた武士の格好をした人たちの様子が、やけに生々しいのだ。もちろん、元々は武士の文化であったものを継承しているために、当時と同じような姿での参拝という伝統は現代でも続いているのだが、今自分の周りにいる武士たちは甲冑がところどころ擦り切れており、足は泥にまみれていて、とても舗装された道を通ってきたようには見えず、物々しい雰囲気を醸し出している。

歩きながらも彼らのことが気になって仕方がなくなり、一緒に歩いていた家族に目を向けてみるものの、気にかけているようなそぶりは全くなく、気づいていないのか、幸子さんは彼らを見てはいけないかのように感じて、なるべく武士たちを見ないようにして歩き続けた。

それからも、彼らはまるでわざとペースを合わせているかのように、幸子さん一家の周囲を取り囲みながら歩いていたのだが、徳重神社に近づくにつれて神社に向かう人の数は増え、人の波に飲まれて彼らがどこにいるのかは分からなくなった。

ようやく神社の参道に到着し、本堂に参拝しようと列に並んでいると、本堂の上部に淡く白い光が立ち上っているのが見えた。神々しい光は天に吸い込まれるかのようにして立ち上っており、その美しい光に見とれていたのだが、それはいつの間にか見えなくなった。

参拝が終わってからの帰り道、家族に先ほどの武士や光について聞いてみると、そのことには誰も気づいていなかったようだ。

「ご先祖様が見守ってくれてたのかもね」

母は一瞬にこりと笑いながらそう言うと、また黙々と歩き始めた。

それ以降の妙円寺詣りでは、変わった出来事は体験していないそうだ。

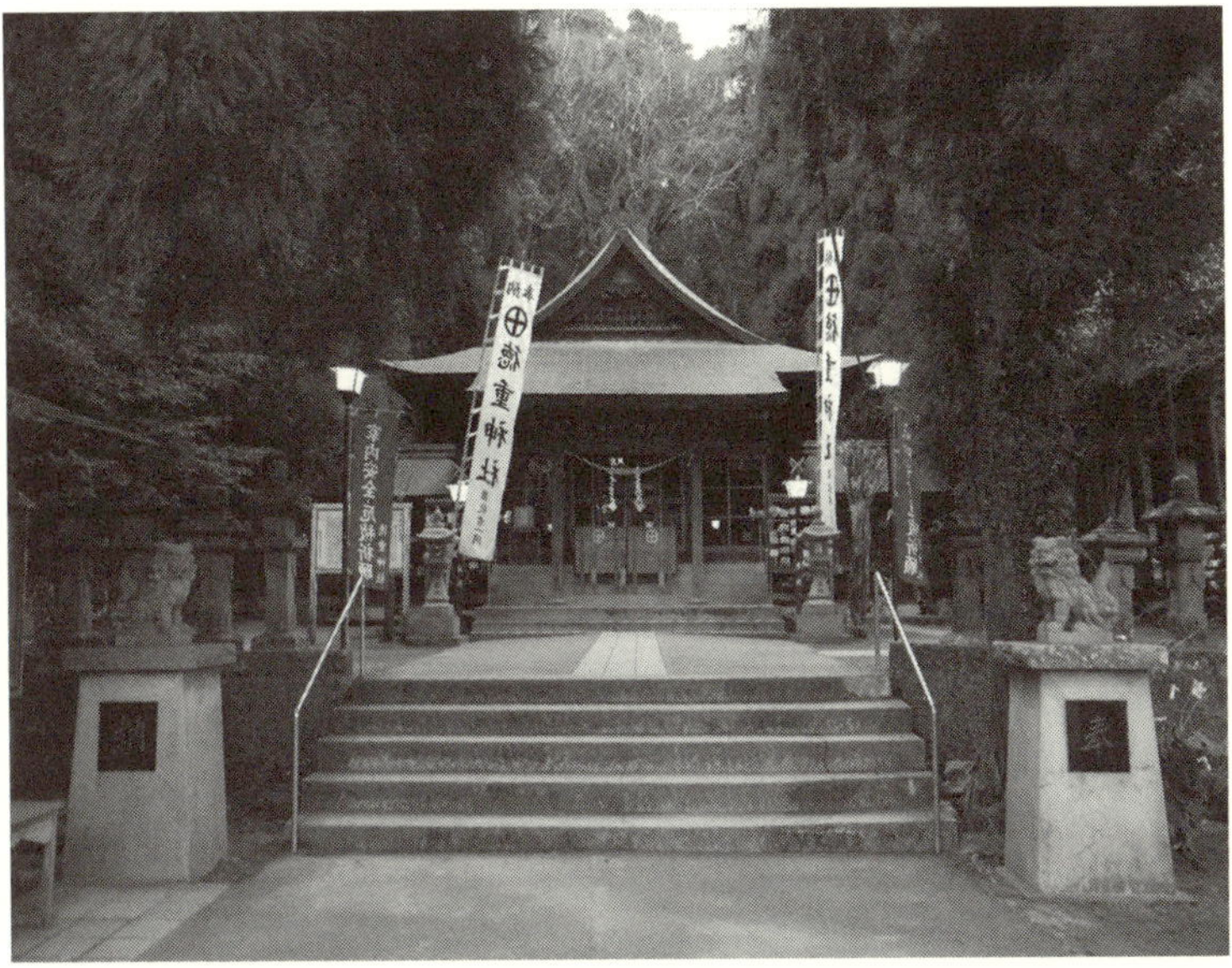
徳重神社

心霊写真

鹿児島市上竜尾町

私が自動車製造工場で働いていた時の知り合いである田上さんの父親は歴史好きで、家族旅行をするにしても歴史的な云われのある場所に行くことが多かったという。
田上さんは特に歴史に興味があるわけでもなかったので、西郷隆盛ゆかりの地や、西南戦争の激戦区などには関心がなかったそうだが、何事も人の言うことを聞かずに推し進める父に反論することはできず、仕方なく付いて行ったという。

十五年ほど前、田上さんが中学生だった頃の話だ。
この日訪れたのは、西郷隆盛が眠る南州墓地だった。
今でこそ、大河ドラマの影響で訪れる人も多いようだが、当時は訪れる人はそれほど多くはなかったそうだ。

駐車場からしばらく歩き、階段を上った後、正面に見える立派な墓石が西郷隆盛の墓だ。家族三人で手を合わせた後、父は墓地の写真を数枚撮り、墓地に隣接している西郷隆盛を祀った南洲神社へと参拝に向かった。

参拝が終わると、神社付近にある常夜灯などを見学してから次の場所へと移動することになった。


家族旅行が無事に終わった数日後、写真を現像していた父がおかしな一枚があることに気づいた。

その写真は墓の中に立っている母を撮影したものなのだが、母の足から下が消えているのだ。消えた足の先には墓の土台が写っており、まるで母が足のない幽霊にでもなってしまったかのようで、とても気味の悪い写真だった。

幽霊の存在を信じていなかった父は、こんなものはただの撮影の失敗だと決めつけて捨てようとしたが、母はたいそう怯えてしまい、一度お祓いにでも行ったほうがいいのではないかと提案したのだが、父は頑《がん》としてそれを良しとしなかった。

しかし、母の怯えぶりを見て、とりあえず捨てはしないから、もし今後おかしなことでも続けばその時にお祓いに行けばいいじゃないかとなだめ、写真は父の書斎にある鍵付きの引き出しの中に仕舞われることになった。

その翌年、もう少しで夏休みに入るので、今年はどこに行こうかと父が言い出したところで、母が写真のことを思い出して、一度確認したいと言い出した。

何もなかったんだから、もういいだろうと言いながら、父は書斎へと渋々写真を撮りに行ったのだが、手に写真を持って戻った時にはとても複雑な表情となっていた。

母が写真を受け取り確認すると、見る見るうちに顔が青ざめてくる。写真の様子が変わっているのだ。

去年は母の足だけが消えていたのに、腰までがすっぱりと消えてしまっている。そして、消えた腰の位置にはきっちりと背景が写っている。最初は腰があった位置に、一年後には背景が浮き出てくるなんて物理的にあり得ない話だ。

これにはさすがの父も納得はできないようだったが、この一年で悪いことが起きたわけでもないからと、母がお祓いに行くことを頑《かたく》なに引き留めていた。

そうこうしているうちに月日は流れ、また写真を確認してから一年が経った。

母は忘れやすい性格ということもあり、写真を見た直後は怯えだすのだが、少し経つと忘れてしまうようで、今年も旅行シーズンが来てから急に写真のことを思い出したようだった。

父も、去年の写真の変化を見てからは気になっていたようで、その年はそそくさと書斎から裏返したままの写真をリビングまで持ってきた。

重い空気の中で、父がテーブルの上に写真を表向きにしてそっと置く。

写真の中の母は首から下がなく、体があるべき部分にはきれいに背景が写っていた。

「もおぉ！やめてよぉー!!」

母が目に涙を浮かべながら涙声で叫んだ、これはもうだめだと、父も完全に怯え切ってしまい、一緒にお祓いに行こうと促している。

後日、田上さん一家三人は日曜日に神社にお祓いに行くことになった。

写真を父のバッグに入れたことを確認してから車を走らせた。

神社に到着し、神主に事情を説明してから写真を渡そうとバッグの中を探るものの、写真が見つからない。

三人の荷物の中や車の中も探してみたものの、一向に見つかる気配はない。神主にも写真が見つからない旨を説明し、一度家に帰ってから探してみたが、写真が見つかることはなかった。

その後も写真が出てくることはなかったが、現在でも田上さん一家は三人とも健康なまま毎日を送っている。

大きな人

鹿児島市桜島横山町

垂水市出身の景子さんから聞いた話だ。

彼女が大学生のころ、付近に遊ぶ場所が少ないということで、彼氏とデートする時も、ドライブがてら夜景を見に行ってお喋りを楽しんだりすることが多かった。

付き合いはじめの頃はそれだけでも楽しかったのだが、次第に関係がマンネリ化してくると、ただ話すのもつまらなくなってきて、当時流行っていた携帯型ゲーム機でモンスターを倒すソフトを、車の中で二人並んでプレイすることが多くなっていたそうだ。

その頃よく行っていたのは、全長およそ百メートルの足湯があることで知られる「溶岩なぎさ公園」で、夜になると展望台からの夜景も楽しめるということで、二人の予定が合うと彼氏の車で公園へと向かっていた。

ある夜、彼氏の車でなぎさ公園に到着し、車内で二人並んでゲームをプレイしていると、幸子さんは海岸の方から強い気配を感じた。

ゲーム機から目を話して気配のほうに目を向けると、そこには暗闇の中にもかかわらず、ぼんやりと薄白く光る大きな人型のものが、のっそりと立っていた。自分の見間違いかと思い、彼氏に「あそこに人がいる」と指をさして伝えると、彼氏は何も見えていなかったという。

すでに亡くなっている景子さんの母親は沖縄の出身で、沖縄の民間霊媒師である「ゆた」の血を引く家系だったことから、その血を引く景子さんは昔から人とは違うものが見えてしまうことがあった。

景子さんが当時付き合っていた彼氏は、顔立ちはいいが浮気性だったので、薄白く光る大きな人影はお母さんで、自分を心配して見に来たのではないかと思い、恐怖心はなかったそうだ。

その後、結局彼氏の浮気が原因で別れることになったのだが、数か月後には新しい彼氏ができた。

新しい彼氏というのが景子さんと同じように「見えてしまう」人だったので、元カレのことは伏せ、以前、海岸で白い人型のものを見たという話をしたところ、それは面白いので行ってみようということになり、夜になぎさ公園まで車を走らせることになった。


海岸に到着し、車のエンジンを切って周囲に目を光らせる。海からの風がビュービューと吹き付けてくる音だけが車の中に響いている。

「海辺の方け?」

「そや、薄白く光る大きな人型のがおったが」

「おっかんやと思うんけ?」

「じゃっどじゃっど」

ポツポツと会話を交わしながら、人影が出てこないか神経を研ぎ澄ませて待ち構える。

最初は集中していたものの、何もない暗闇を見続けるのも面白くないもので、次第に集中力が切れてしまい、二人とも携帯電話をいじり始めた。

そこからは張り詰めた空気は一気に崩れ、会話もなく液晶画面の明かりだけが二人の顔を照らす時間が三十分ほど続いた。

「私の見間違いやったが？」

さすがに飽きてきた二人は、今日はもう帰ろうとシートベルトを締めて車のエンジンをかけた。

ライトを点けてバックしようと彼氏がバックミラーを見たその時だ。

「うわぁ！！！」

彼氏の絶叫が車内に響いた。

驚いた景子さんも即座にバックミラーで後方を確認すると、後部座席の真ん中に、薄白く光る中年男性の大きな顔だけが浮かんでいた。

それを見た景子さんも悲鳴を上げ、車は荒々しく方向転換すると猛スピードで桜島の海岸沿い道路である二二四号線を駆け抜けていった。

その出来事から数か月後、景子さんは沖縄に住んでいるおばあちゃんに会いに行った際、海岸での一連の出来事を説明したところ、すごい形相でこう言われてしまった。

「それはまじむんやっさ!!」（それは魔物だよ!!）

そこからは沖縄の民間信仰的なお祓いをすることになり、スリッパの裏側を焙《あぶ》って、それでバシバシと力いっぱい叩かれて厄払いをされた。

とても痛かったそうで、今後は不可思議な現象に遭遇してもおばあちゃんには言うまいと心に決めたそうだ。

ごったん

霧島市

　怖い話というには少し違うかもしれないが、以前、私が工場に勤めていた際、霧島市出身の山城さんという方から聞かせてもらった、南九州地方に伝わる「ごったん」という弦楽器についての、こんな話がある。

　これはもう二十年ほど前の話になるそうだが、山城さんの父が癌になってしまい、余命数か月の宣告を受けた。

　当時から福岡市の工場で働いていた山城さんは、お兄さんからの連絡でそのことを知り、すぐにでも帰りたかったのだが、仕事が忙しくて中々帰ることができず、結局、鹿児島に帰ることができたのは、最初の連絡から一月ほど経った年末の連休になってからだった。

久々に会う父は大分体が弱っており、あと一か月もつかどうかという状態だった。

実家に残って最期を看取りたいという気持ちはあったのだが、どうしても仕事に穴を空けることができず、あとは兄に任せて年明けから山城さんは福岡市に帰ることになった。

それから数日後、容態が急変したという事で兄から連絡があり、山城さんはすぐに鹿児島に帰ったのだが、すでに父は危篤状態で、間もなく息を引き取った。


葬儀は山城さんの実家で行われることになり、大勢の親戚や知人などが集まっていたのだが、その中に山城さんの兄の奥さんである美恵さんの姿もあった。

美恵さんは昔から感覚が鋭いところがあり、不思議な出来事を多く体験したり、街を歩いているときに全く知らない占い師からスカウトを受けたこともあるそうだが、美恵さん自身は論理的な思考の持ち主で、自分の身に起こる不思議な出来事も、何らかの形で説明ができるのではと考えていたそうだ。

そのため、そちらの道には進まずに一般企業に就職し、結婚してからはスーパーのパートタイム従業員として働きながら家計を支えているという。

葬儀が終わった二日後、そんな美恵さんと兄が山城さんの実家を訪ねてきた。

なんでも、葬儀の日から毎晩、美恵さんは同じ夢を見るのだという。

その夢というのは、亡くなった父が自分の部屋でごったんを持って座っているのだが、困った顔をして、

「無い、無い」

そう言ったかと思うと、ごったんを置いて部屋の中をごそごそと探し回る。そこで夢は終わるそうだ。

その時はまだ山城さんも忌引き休暇中で実家に滞在しており、それなら皆で実際に父の部屋へ行ってみようということになり、母・山城さん・兄夫婦の四人で二階の父の部屋を覗きに行ってみた。

すると、父の机の上には年代を感じさせる色褪せたラジカセがポツンと置いてある。それを見た母が懐かしむような顔で頷いている。

「あぁ、これね」

そして、部屋の押入れをごそごそと探し回り、いくつかのカセットテープを取り出した。

亡くなった父は生前ごったんを引くのが趣味で、自分が演奏をしているところを録音し、

それを部屋で聞くのが好きだった。

なので、きっとごったんとカセットテープを「あっち」に持って行きたかったんだろうということになり、父の入った仏壇にごったんとカセットテープをお供えすることになった。

するとその晩、またしても美恵さんの夢に父が現れた。

父は部屋でごったんを持って座っており、これまでと違いにこにこと笑っている。

「ありがとう」

そう一言、父が言ったところで夢は終わり、それ以降父の夢を見ることはなかったそうだ。

この話、ただの夢だと言われてしまえばそれまでなのだが、私は好きだ。

げじべぇ

熊毛郡屋久島町宮之浦

人工知能が人間の仕事を奪ってしまう可能性があるとかないとかで、一部の人々が戦々恐々としている昨今。妖怪なんていうと、最早お伽話《ときばなし》の世界の話ように感じてしまうかもしれないが、実は彼らは、人間による開発が進んでいない地域の奥底でひっそりと息を殺して潜んでいるのかもしれない。

そして、タイミングさえ合えば今でも人前に姿を現し、自分たちの存在を証明しようと企んでいる可能性がある。そう思わせるような話を聞かせてもらったことがある。

私が屋久島釣り旅行の際に知り合った、宮之浦フェリー発着場近くに住んでいる矢口さんは、かつて妖怪に化かされたことがあるのだという。

その日、矢口さんは宮之浦大橋を渡って、川の向こう側にある友人の家へと自転車で遊びに行っていた。友人宅には三人が集まり、食卓を囲んで世間話で盛り上がり、食事会が終わる頃には日付が変わっていたという。

そろそろお開きにしようということになり、川の反対側に家がある矢口さんと、浦さんという友人の二人で、同じ道を自転車で帰ることになった。

しばらく自転車を漕ぐと、オレンジの街頭に照らされた橋が見えてくる。屋久島には三十年間住んでおり、数百回、いや、数千回は通っている橋だ。

自転車二台で並んで橋に突入し、十メートルほど走ると、数メートル先の欄干の上に何かが浮かんでいる。二人の会話が止まり、一瞬それが何なのかわからずにぽかんと口を開けながらも、不穏な空気を感じ取って自転車を止めた。

自転車を止めると同時に、欄干上の何かはスルリスルリと滑るようにして矢口さん達のほうに近づいてくる。

街頭に照らし出されて浮かび上がったそれは、半透明の長い髪を振り乱した中年女性の上半身で、見る見るうちに矢口さん達の方へと近づいてくる。

あまりの出来事に声を出すこともできなかったのだが、体は即座に反応し、自転車は弧を描きながら上半身を避け、猛スピードで橋を渡り切った。

何度も後ろを振り返りながら、ゼェゼェと荒い呼吸を繰り返しつつ進んでいくと、すぐ左手にある道の奥の墓地が何やら騒がしい。複数の子供たちが騒いでいるような声に加えて、薄っすらと赤い光が灯っているように見える。

一体何事かと、二人で顔を見合わせて自転車を止めると、墓地のほうから赤い光の玉がいくつもポーンポーンと跳ねながらこちらに向かってくる。

「うわっ、ヤバっ!!」

一声呟くと、またしても二人で息を切らしながら自転車のペダルを力強く踏み込んだ。

少しの間、墓地からの喧騒は二人の耳に届いていたのだが、すぐにそれも聞こえなくなった。

自宅はもう近くだったので、矢口さんは友人と別れると自宅玄関に自転車を止め、深呼吸しながらしばし呆然としていた。

一体、先ほどの一連の出来事は何だったのだろうと考えてみるが、もちろんわかるはずもなく、後味の悪さを感じながら床に就いた。

矢口さんは不思議な夢を見ていた。

自分が先ほどの墓地の中でポツンと一人立ち尽くしており、まわりには赤く光る毛むくじゃらの小さな子供達が取り囲んでいる。怖くなって逃げだそうとすると、毛むくじゃらの集団は一斉に矢口さんに飛び掛かり、そのまま押し倒されて意識が途切れたところで目が覚めた。

しかし、目が覚めた場所はなんと、先ほどの墓地の中だった。

またこれも夢かと思い、自分の体を弄《いじ》ってみるが感触もしっかりとあって、やけに現実感がある。

辺りはまだ暗く、わけのわからないままに立ち上がると、家に向かって歩き出した。

自分はどうしてしまったんだという恐怖に包まれながら暗い夜道を歩いていると、あと一つ角を曲がれば自宅に着くというところで、ちょうどその角の所に、赤く光る毛むくじゃらの子供が一人で立っていた。

そいつは赤い毛に覆われた顔の中からギロリと光る大きな目を見開くと、矢口さんと目を合わせてニヤリと笑った。

そこでまた、矢口さんは意識を失ってしまった。

次に気が付いたときは自宅の布団の中だった。

窓からは朝の光が差し込んでおり、時計を見ると針は七時を指している。体を起こすと、布団の端に十本ほどの赤い毛の束が落ちていた。

「僕もあれが何だったのかは全然わからないんですけど、屋久島ってのは「げじげぇ」っていう妖怪の話が語り継がれてるんですね。もしかしたら、僕を脅かしたやつらはげじべぇだったんじゃないかなって思うんですよ」

そう話す矢口さんの肩には、数本の赤い毛がくっついていたが、そのことは言わないでおいた。

コラム一

心霊スポットでのトラブル

第一話「城山公園」では、心霊スポットでのトラブルについて少し書いたが、心霊スポットと呼ばれるような場所には様々な危険が付きまとう。

もちろん、霊的な怖さや危険もあるのだが、一番気を付けておかねばならないのは、物理的な危険だ。

廃墟、公園、トンネル、水辺等、ありとあらゆる場所が心霊スポットとされているわけだが、それらの中には現在使われていないような古い建造物も多く、常に崩壊の危険と隣り合わせとなっている。

第一に、管理されている物件等であれば、許可を取らずに入ること自体が不法侵入であるため、中に入るのは慎むべきだし、通行や侵入が規制されていない建造物であっても、経年劣化による破損で、床が抜けたり、天井から電灯や、トンネルならば岩盤が崩れる可能性もある。さらに、そういった場所は不法投棄現場になっていることも多く、割れたガラス等で服や体を切ってしまう可能性がある。

また、心霊スポットは人気のない山中にあるものも多く、そういった場所は野生動物の危険と隣り合わせだ。一番出現率が高いのはイノシシとシカで、車で走行中であっても、大きな個体と衝突して廃車になったという話もあるし、車から降りている状況で襲われたら人間が勝てるはずもない。

そして、稀に現れるのがマムシで、私は一度山中のトンネルを探索中に、マムシが目の前を横切ってヒヤリとしたことがある。

だいたい野生動物で危険といえばこの三種類なのだが、北海道や沖縄であれば、クマやハブといった危険生物が生息しているために、その危険度はさらに増すことだろう。

そして忘れてはいけないのが、人間の恐怖だ。

元々心霊スポット巡りといえばヤンチャな若者の遊びであり、心霊スポットが暴走族の溜まり場になっていたり、集会ルートになっていたりすることは多い。他にも、廃墟に住み着くホームレスや犯罪者がいる可能性があり、そういった人にバッタリ出会ってしまったら何をされるかわからない。

　このように、自身が犯罪者となってしまう可能性や、動物や人に襲われる可能性も多々あり、決してお勧めできるものではないのが心霊スポット巡りだ。それでも、人間には怖いもの見たさという感情があり、中には私のように、心霊スポット巡りが好きで好きで堪らないという人もいるかもしれない。

　そういった人は、もちろん法律に触れない範囲で、上記の事項に徹底的な注意を払いつつ、安全な心霊スポット巡りを心がけていただきたい。

第二章　怖い心霊スポット

竹の瀬戸

伊佐市大口鳥巣

鳥神山の麓を流れる平出水側に、「竹の瀬戸」と呼ばれる淵がある。

この付近には昔、島津・菱狩の両軍が戦った古戦場「鳥神尾」がある。

鳥尾峠の戦いは永禄十二（一五六九）年に起こった。

島津軍と菱刈軍はこの地で戦ったのだが、島津方の罠にはまった菱狩軍は鳥神尾に包囲され、百名以上が首を斬られ、平泉川にはそれ以上の人数が落ちて溺死したと語り継がれている。

この戦いにはこんな話が伝わっている。

島津方は竹の瀬戸に麻殻の橋をかけ、普通の橋のように見せかけた。

そうとは知らぬ敵軍が渡ったところ、橋はたちまち落下し、おびただしい数の者が死に至った。

それから後、毎年五月六日には白馬に跨《またが》った若武者がこの淵に飛び込むといわれ、それを見たものは死ぬと伝えられている。

また、そのときのものか、麻殻がすうっと一本流れることもあるという。

このような怖ろしい言い伝えがあるこの場所も、今となっては竹の瀬戸と書かれた杭が一本残っているだけで、通過しても言われなければ気づかないような状況だ。

しかし、私が現地を訪れ、日が沈みかけて薄暗くなってきたこの淵の写真を撮っていると、なぜかわからないが背筋が寒くなってきた。

そして、どこからか馬の蹄の音が聞こえてきそうな気がして、身震いしてしまった。

薄暗くなった夕暮れ時、「パカラッ　パカラッ」と蹄の音が辺りに響いている日もあるのかもしれない。

住吉池

姶良市

ＪＲ帆佐駅から車で十五分ほど走ったところに、「住吉池」という池がある。

付近にはキャンプ場があり、広大な敷地内は散歩コースとしても最適で、市民の憩いの場となっている。

そんな牧歌的な雰囲気の住吉池だが、こんな話が伝わっている。

昔、住吉池には一匹の大蛇が住んでいた。

そのため、毎年若い娘を生贄に捧げなければいけなかった。

ある年も選ばれた娘が池に沈められようとした。

そこへ、一人の老僧が現れ、人型を身代わりにするようにと教えて立ち去った。

村人は早速、教えられたとおり栓をしたひょうたんを布団で巻いて、その上に娘の着物を着せて人形を作り、それを池に入れた。

やがて湖面に現れた大蛇は人形を咥《くわ》えようとしたのだが、ひょうたんが入っているのでひょこひょことすり抜けてしまう。

湖面を泳ぎ回って人形を追っているうちに、蛇は疲れ果て、ついに死んでしまった。

村人は老僧に感謝し、聖の宮を作って祀ったという。


その後、池には二メートルほどもある巨大魚が住みついているといわれるようになった。

その片鱗を見たという人もいるらしく、数十年来、幻の大鯉を探し求めている人もいるという。

もちろん、この池には魚は多いため、普通の鯉や鮒、ワカサギなどはいるということだ。

淡水の大型魚と言えば、山形県鶴岡市の大鳥池に生息しているといわれる「タキタロウ」という幻の魚が有名だが、タキタロウの正体はイワナ属に属する種だといわれている。

しかし、住吉池の大型魚は地域的に考えて大ウナギの可能性が高いのではないだろうか。

鹿児島の大ウナギと言えば有名なのは石田湖で、石田湖周辺の土産物屋では、大ウナギが飼育展示されているところもあるくらいだ。

そして、実は大ウナギは池田湖以外にも生息しており、稀に川で取れるということもある。その大ウナギがこの池にも生息しており、それがかつて竜と見間違えられて伝説となり、現在では二メートルの巨大魚として語り継がれているのかもしれない。

涙橋

鹿児島市南郡元町

鹿児島市内に、いくつかの云われを持つ「涙橋」という橋がある。

旧谷山街道と新川が交わる位置に架かるこの橋は、江戸時代に橋の先の処刑場へと向かう罪人と家族が、この橋のたもとで最後の別れを行ったことから、涙橋と呼ばれるようになったと言われている。

涙橋から北へ百メートルほど行ったところには墓地があり、鹿児島処刑場で死んだ囚人たちを埋葬した場所だという。

そして、涙橋から少し離れたところには彦次郎川があり、その上流付近がかつての処刑場で、地獄谷と言われていたそうだ。

処刑場が使用されていた当時の薩摩では、「ひえもんとり」という肝試しが行われており、罪人が処刑された後、若侍たちは待っていましたと言わんばかりに処刑された罪人の死体から肝を取り出していたと云われている。

現在でも、地獄谷は手つかずのまま荒れ地になっており、地元の人々の間では近づいてはいけない土地として認識されているそうだ。

涙橋のもう一つの云われを紹介する。

涙橋を渡った少し先にある駐車場内には、涙橋決戦之碑がある。

この碑は、明治十（一八七七）年の西南の役で戦死した枕崎出身の九十名の薩摩軍兵士を供養するために、昭和二（一九二七）年に建てられた。

熊本で敗れた薩摩軍の一部が鹿児島にたどり着いたとき、鹿児島はほとんど官軍に占領されていた。

涙橋近くの高地では、枕秋出身の今給黎《いまきいれ》久清以下二百十三名の兵士が武之橋方面からと脇田方面から迫る官軍に応戦、旧式の兵器や弾薬の不足にもかかわらず奮闘し、戦いはおよそ六時間にも及んだという。

結局、平田新左衛門ら九十名の戦死者を出し、芝原方面に退却したと伝えられている。

このように、処刑場であることと、西南の役の激戦区であることから、涙橋周辺は若者の間で心霊スポットと呼ばれており、周辺住民への聞き取り調査によると、火の玉が出るという噂があるようだ。

火の玉については、かつては骨に含まれているリンが空気と接触して自然発火しているものだという説が一般的だったようで、確かに古戦場後ならば回収されていない遺体が骨となって地中に埋まっており、そこからリンが漏れ出して空気と反応することによって自然発火したものが火の玉だと考えることもできる。

しかし、私自身のこれまでの経験上では、ダムやトンネル、廃墟など様々な条件下で火の玉を観測しており、それらに共通点は見出せないことから、一概にリンの自然発火だとは言えないと考えている。

そして、今まで何度か火の玉を確認して、それと一番似ていると思う自然現象は、雷に似た現象である「球電現象」というもので、最近ではＵＦＯの正体は球電現象ではないかという説もあるようだ。ただし、似ているからといって火の玉が球電現象であるという証明になるわけではなく、真相は闇の中だ。

開聞トンネル

指宿市開聞川尻

鹿児島の心霊スポットと言えば、まず名前が挙がるのが「開聞トンネル」だろう。

一般的には開聞トンネルと呼ばれているが、実はこのトンネルは二つの別のトンネルが連なる形になっており、正式名称は南側が「御倉本一号トンネル」、北側が「御倉本二号トンネル」である。

開聞トンネルは、新日本百名山にも選ばれ見事な円錐形の容姿から別名「薩摩富士」の異名を持つ開聞岳の周囲を一周できる遊歩道の東側にあり、数々の怖さを併せ持つ驚異のトンネルである。

まず第一の恐怖は、その狭さと長さだろう。

車同士がすれ違うことのできない幅の狭さである上、南側の御倉本一号トンネルは全長百五十メートルほど、北側の御倉本二号トンネルは全長六百五十メートルほどで、二つのトンネルの中間地点にある中庭と呼ばれる骨組みだけの部分も含めるとかなりの距離となり、その間、車の待避所は北側の二か所だけだ。

また、明かりをとるために、天井に何か所か穴が開いているものの、トンネル内部は昼間でも薄暗く、夜になるとその狭さゆえに強い圧迫感があり、幽霊が出なくても車で通るだけで恐怖感が生じる。

そして、第二の恐怖はやはり有名心霊スポットとなっているだけあって、「幽霊が出る」という意味での怖さだ。

車で通り抜けると後部座席が濡れているといった、有名なタクシードライバー怪談のようなものや、女性の霊が出る、付近の林は自殺の名所であるといった噂が伝わっているようだ。

しかしながらどの話も噂の域を出ず、私は二回、このトンネルを深夜に訪れて動画撮影を行っているが、幽霊の目撃や撮影には成功しなかった。

だからと言って幽霊が存在しないと確定したわけではないが、私は二度目の訪問時、人によっては幽霊以上に恐ろしく感じるものが大量に潜んでいるトンネルだということに気づいてしまった……。

第三の恐怖、それは「虫」だ。

九州本土の最南端に位置する鹿児島の温暖な気候と、トンネル内の適度な湿度が虫にとってはパラダイスのように心地良いようで、壁一面にサツマゴキブリがへばり付いている。それはもう何百どころの話ではなく、数千・数万の世界の話だ。

私は生物好きのため、そのゴキブリを捕まえたりして楽しむことができるのだが、嫌いな人にとっては地獄のような光景なので、車からは降りないほうがいいだろう。しかし、サツマゴキブリと言うものは家にいる類のゴキブリとは違い、丸っこくて動きはゆっくりなので、昆虫愛好家の間ではペットにされることもあるほど、好きな人にとっては愛くるしいゴキブリだ。

さらに、壁や地面をよく見ながら歩いていると、ゴキブリだけでなくムカデやサソリモドキの姿も見ることができる。ムカデは全国各地にいるので珍しくもなんともないが、サ

ソリモドキは鹿児島以南にしか生息しておらず、その名の通りサソリの如き勇敢なフォルムからペットとしても人気の種で、その野生の姿を見ることができるのは貴重な経験だろう。

如何だろうか。

三つの視点でこのトンネルの怖さを解説してきたが、ここまで特異な条件を揃えたトンネルは、日本中探してもほとんどないと思う。このレベルまでくると、怖さとは逆に愛おしさすら覚えてしまうのは私だけだろうか。

開聞岳を訪れた際には、ぜひこちらの開聞トンネルにも足を延ばし、五感でその空気を感じてみることをお勧めする。

上西園のモイドン

指宿市東方

「モイドン」というのは「森殿」と書かれ、モイヤマ（森山）の一部を祭場とする神であるといわれている。

森山といっても村に近い場所にあり普通は社祠も神体もなく、大きい木を神の依代《よりしろ》とするものであり、神道以前の宗教を思わせる神といえる。

上西園のモイドンの依代はアコウの大木であり、山ン神（内神）とイナイドン（稲荷神）も同じ場所に祀られており、民俗信仰の聖地としてその名を馳せている。

モイドンは祟る神としても有名で、モイドンを切ったり葉や木を持ち帰ると祟られるといわれており、その中でも上西園のモイドンは有名だ。

この場所は指宿市によって有形民俗文化財の指定を受けているのだが、指定される際に県と土地の所有者との間で話し合いが行われ、土地所有者が実際に身内が祟りにあった話をしたために、祟り神と呼ばれるようになったということだ。

私は現地を訪れた際に、モイドンの祟りにあって亡くなったといわれている方のご子息から直接話を伺うことができたので、一体モイドンと土地所有者との間で何が起こったのかを書き記していく。


代々、上西園のモイドンの土地を受け継いできた所有者のうちの一人であるAさんが小学校の時の話だ。

Aさんの家はモイドンのすぐ近くにあり、両親はモイドン周辺の畑を耕して作物を育てていた。

昔から信仰の対象となっているアコウの根が張っている一帯は、もちろん畑にするわけにはいかないために、その部分だけは手つかずの状態で残っていた。

しかし、アコウの巨大化は留まることを知らず、枝は大きく伸びて畑の上にまで侵入してきた。その状態をよく思わなかったAさんの父は、ある夏の日、アコウの枝の畑にはみ出してきている部分をばっさりと切り取って捨ててしまったというのだ。

その後、父はどんどん衰弱していき、数か月後に亡くなってしまう。

それを周囲の人間はモイドンの祟りだといって恐れ、切ると祟られる・葉や枝を持ち帰ると祟られる・酷い場合は、近づいただけでも祟られるといった風に話が広がったようなのだ。

その話を有形民俗文化財に登録する際に、Aさんの兄が県の職員に話したため、祟る神としての話も一緒に登録されたということだった。


この話を聞かせてくれた後、Aさんは神妙な顔つきになって話し出した。

「父はアコウを切る数か月前から癌を患っておったんで、祟りのせいじゃないんですよ。私はもう七十を超えてるんだけど、今生きてればもう九十になる兄が、県の職員に祟りって話したせいでそういうことになっとるけど、私はこの祟りってところは訂正してもらおうと思っとるんですよ」

Aさんも昔のことではっきりとは覚えていないそうだが、当時父は肺癌か肝臓癌を患っており、周囲も覚悟はしていたのだという。その最中にアコウを切り、数か月後に亡くなったというのは祟りでもなんでもなく、癌による病死だというのがAさんの見解だ。

しかし、祟りというものは実体を持たずに、祟りだと信じる人の心の中で効力を発揮するものだと考えるのならば、Aさんの兄にとっては「父は祟りで亡くなった」と言えるだろうし、Aさんにしてみれば「祟りではなかった」ということで間違いではないだろう。

はるか昔から人々は祟りを信じ、祟りを恐れて暮らしてきた。

未だに多くの人が祟りの存在を信じ続ける限り、祟りは人の心の中に生き続け、それが何らかの効力を発揮することがあるのだろうと私は考えている。

屋久島灯台

熊毛郡屋久島町永田

世界遺産として知られ、雄大な自然を有する屋久島。

その絶景を一目見ようと、年間約三十万人ほどが島を訪れ、日常とはかけ離れた大自然を肌で感じて、それぞれの胸に宝物のような思い出を刻んでいく。

しかし、そんな屋久島にも心霊スポットと呼ばれる場所はいくつかある。その中でも私が特に恐ろしいと思っているのは屋久島灯台だ。

屋久島灯台は屋久島最南端の永田岬にあり、国道から永田岬までの道のりはとても狭く、道の両側にある溝は蓋が無く剥き出しの状態なので、灯台まで車を運転する時にはすでに物理的な恐怖を感じる。

日清戦争後の政策により、日本の領土となった台湾を統治するために、奄美大島の曽津高崎、沖縄の伊江島などの灯台とともに建設された、台湾航路灯台の一つで、明治三十（一八九七）年に最初に明かりを灯した。

付近には大型の定期旅客戦や貨物が行きかっており、沿岸大型標識として、船舶の重要な目印となっている。


この場所は航路においての重要な目印としてだけでなく、屋久島灯台裏側の磯は釣り場としても有名だ。

温暖な気候と、潮の速さから本土の磯では見かけないヒラアジ類やバラクーダなどが釣れるとあって、往復するだけでもとても体力を必要とする急な崖であるにもかかわらず、連日多くの釣り師が大型魚を求めて灯台裏でロッドを振り続けている。

屋久島周りで大型魚が釣れるのはその潮の流れの速さが関係しているのだが、流れが速いということは魚にとっては居心地がよくても、人に対しては脅威となるわけで、屋久島の海辺では多くの人が命を落としている。

私が屋久島で世話になったIさんという人も、親戚がタイドプールと呼ばれる磯の潮溜まりで貝などを採集している最中に高波に攫われて、その尊い命を落としているそうで、屋久島灯台裏でも今までに何人もの釣り人が滑落して命を落としているのだという。

そして、潮の流れの速さのせいで、海に流されてしまった人の遺体は上がってくることがとても稀で、二度と遺族のもとへ帰ってこないことが多いそうだ。

そのせいか、この灯台付近では幽霊が出るという話がまことしやかに語り継がれており、夜になると心霊スポットとして若者の肝試しの現場にもなっているということだ。

私も屋久島を訪れた際に、昼間は釣り目的、夜は幽霊の痕跡を捉えようとこの場所を訪れたのだが、夜には謎の男の悲鳴のようなものが聞こえたり、人影を目撃している。

（屋久島灯台での恐怖体験は、拙著「九州であった怖い話ー心霊研究家の怪異蒐集録ー」（弊社刊）内で記してある）

そんな屋久島灯台の中で私が一番怖いと思うのは、灯台裏の石壁の裏に鎮座する戎だ。

漁業が盛んな屋久島には、至る所に戎が鎮座しているのだが、この灯台裏のものは初めて見たときにゾッとしてしまった。

木製のために、潮風に吹かれ続けたことによって足は折れ、体にはヒビが入っている。その姿はあまりにも痛々しく、見ているだけで畏れの念を抱いてしまう。

そして、戎は海の方角を向いて鎮座しているのだが、戎のすぐ先は垂直に切り立った崖になっており、その崖際にはロープが吊るされてある。

現在は磯への階段が釣りクラブの手によって作られているので、崖をロープで下ることなく階段を使って下りることができるのだが、階段ができる前は命がけで、ロープだけを頼りに崖を上り下りしていたのだろう。

そして、私が夜にこの場所を訪れた際に聞いた男の叫び声は、かつてこの崖を下ろうとした際、滑落して命を落とした男性の断末魔の叫びだったのではないかと思う。

この場所で、豊漁と海の安全を願う神として崇められてきた戎は、すぐ傍で海によって命を奪われる人々をずっと眺めてきた。その心苦しさが体の欠損やヒビとなって表れているようにも感じてしまうのだ。

三喜

第三章　怖い神社

兼喜神社

薩摩川内市平佐町

川内氏平佐町の川内工合高校へと続く坂道の下に、「兼喜神社」はある。

駐車場に車を止めて神社に向かっていくと、時刻は一七時頃ということもあり、部活動に励む生徒が神社の周辺を走りっている活気に満ちた光景が広がっていた。

この神社は、戦国時代の武将であり、日向の庄内一帯を領していた北郷氏十代当主、北《ほん》郷時久《ごうときひさ》および、その長男相久《すけひさ》を祭神とする神社で、「御霊神社」の一つである。


不慮の死を遂げたり、恨みを晴らさないまま亡くなり、祟りをなす死霊となったもののことを御霊といい、それを鎮め奉ることで、その霊威にあやかる信仰を御霊信仰という。

御霊神社は御霊を崇め祀る場所だ。

御霊は、不幸な死に方をしたまま十分な供養・慰霊を施されていない死者の霊を指すが、それも単なる怨霊ではなく、社会的影響力を持つ権力者や指導者の死後、関係者の身に起こった災いや、自然災害などと関連して語られた際に、死霊は御霊とみなされ、御霊信仰が形成される。

天正七（一五七九）年八月末、北郷時久は従臣・出羽守久蔵に命じて、安永金石城に構える自身の長男・常陸介《ひたちのすけ》相久を攻めさせた。

これは、前年の天正六（一五七八）年十一月、島津義久軍が築後の大友軍と日向（宮崎県）の耳川で激戦となった際、相久の従臣の中に臆病で戦に耐えられず戦場から逃亡する者がいたので、相久はその従臣の臆病さを激しく叱責した。ところがこの従臣は、そのことによって将来自分の身に危害を与えられるのではないかと恐れ、相久の父・時久に相久が謀反《むほん》を企てていると告げ口した。それによって相久が攻められることになったのだ。

相久は身に覚えのないことで攻められ憤《いきどお》ったが、もはや自分の無実を晴らすことはできないと考え、その濡れ衣は死後に晴らそうと考えつつ出羽守久蔵の剣に倒れた。

相久は文武両道の器の大きな人間であったが、部下の裏切りのためにこうして親子の絆

を裂かれて死ぬことになった。
　後になって、時久はそれが裏切り者の部下のせいだと知り大いに悔やんだが、相久を生き返させることはできるわけもなく、天正九年（一五八一）年、相久の霊を若宮八幡として祀ったのだが、恨みを抱いて死んでいったその魂は治まらず、数々の怪異を起こし続けたという。
　そこで、京都の吉田家に頼んで神号を兼喜相久明神とし、さらに正一位という、より高い位の神階を贈ってその怪異を鎮めるよう努めた。

　元々は都城の城主であった北郷家が、

三久の代に平佐へ領地替えになった時、この神社も都城よりこの地に移され、以来北郷家の氏神として祀られている。

若宮神社

出水市野田町上名

郷士屋敷の並んだ通りを進んでいき、バス亭より左折して山間の里道をさらに進むと、少しわかりづらい場所に、丸に十の字の額を掲げた鳥居があるのが目に入ってくる。

鳥居の額を見ればわかるように、この神社の祭神・島津忠兼は、島津家分家の一つである薩州家出水領主・島津実久の弟で、後の領主義虎の叔父に当たる人だった。

忠兼は新色《にいろ》式蔵守の門下生で剣術に優れており、とても勇ましい人物だと世間で評判が高かった。

この忠兼が永禄八年（一五六五）天草越前守の領土だった長島を攻略し、さらに天草までも攻め取ろうとしたために、側近は領主に忠兼を陥れるための嘘の報告をした。野田の感応寺にいた領主義虎は、この嘘の報告を信じて忠兼を呼び寄せ、寺門を入ろうとした忠兼を殺害した。

忠兼が殺害された後、夫人である玉衣の方、娘の与里姫は悲嘆のあまり後を追って自害したと伝わっている。

その後、忠兼は無罪であることが判明したが、その怨霊の祟りは凄まじく、義虎の居城である亀ヶ城には怪異が続き、悪夢や亡霊の叫びで悩まされた。また、七、八月の頃には暴風雨が荒れ狂い、さらに領内一帯に疫病が流行したので人々は恐れおののいた。

領内の異変に恐れをなした義虎は、忠兼の無実と自分の非を認め、初めは荒神として崇めたのだが、それでも祟りは止まず、それならばと次に大天狗に格上げしても、なおその祟りは治まらなかった。

そこで、鎮魂のために山内寺の僧に霊を慰めさせ、若宮大明神として称え祀ったところ、ようやく領内の祟りは治まり、人々は安心して暮らすことができたという。

このように、武家時代には有名な武将や悲惨な最期を遂げた武人たちは、八幡神としてその霊を慰める風習があった。若宮神社も当初は上記のように若宮八幡と称されおり、「三国名勝図会」にも若宮八幡社と称されている。

芋焼神社

薩摩川内市百次町

薩摩川内市の百次長和田公民館の横に、諏訪神社と並んで建立している「芋焼神社」がある。

赤い鳥居をくぐって右が諏訪神社で左が芋焼神社だ。

この神社のユニークな名前の由来は、いつ頃のことかわからないが、百次に住む古川某という家の下男は、焼き芋が何よりの大好物で、朝も夜も焼き芋ばかり食べていた。古川某は芋ばかり食っている下男に怒りを募らせ、とうとう火箸でその男の頭を殴ったところ、当たり所が悪かったために男は死んでしまったのだという。

その後、家では怪現象が続いたため、下男の慰霊のためにこの神社を作ったのだという。

焼き芋を食べていただけで殺されるなんて、とてもじゃないが納得できないだろうが、さらにその後、慰霊のために神社を建立され、元々は下男という雑用係であったのに神様として崇められることになるとは、生前は夢にも思っていなかったであろう。

安良神社

霧島市横川町

この神社の言い伝えを記す。

和銅年間（七〇八〜七一五年）に京都で宮仕えをしていた安良姫という官女が、あるとき川辺で紺染の直垂（上着と袴からなる衣服で、元は庶民が用いていたが、鎌倉時代から武士の礼服になった）を洗っていた。

その時たまたま白鷺が多数飛んできた様子に見とれ、直垂の片袖を流してしまった。たったそれだけのことで死罪となり、門の扉に縛り付けられ炭を燃やした火で焼き殺されそうになった。

ところが、姫はかねがね十一面観音を信仰していたため、観世音がその身代わりとなり、難を逃れた案良姫は薩摩の横川の里に身を隠すこととなった。

しかし、姫は故郷である京のことや母のことを思い、永遠に悲しみを負うという罪に加え、噂では恐ろしい追手がこの村に近づいてくるなど、安心できない日々が続き、思い悩んだ末、とうとう安良山の頂上で自害してしまった。

その後、この里に様々な霊怪が立て続けに起こった。

村人達は安良姫の怨霊が祟っているのだと考えて、その霊を慰めようと安良岳の頂上に姫を祀った。しかし、頂上では何かと不便なため、およそ七百年ほど前、山麓の現在地に神社は遷された。

この地域では、前に述べたような安良姫の因縁で、昔から門を建てたり、炭を焼くこと、あるいは紺屋職や藍作職が地域内に住むことを禁じ、これらに背く者がいたら霊の祟りにあったと言われている。

また、当地に白鷺が飛んでくることはなく、もし仮に飛んで来るようなことがあれば、神楽や幣帛《へいはく》を神に捧げ、お祓いをしたともいわれている、

さらに、この神は、白鷺に限らず白い色の物を一切嫌ったので、この地域では土倉なども通常の白色ではなく薄墨色で塗られ、以前は着物も普段着はともかく、祭祀や参篭の時

に紺染の着物を着るものはおらず、皆、木の皮で染めたものを用いたそうだ。

しかし、その後こうした風習はいつの間にかなくなり、今では紺染を用いることが一般的になったほか、享保一九（一七三四）年、この神社に正一位の位が贈られた時から、炭火を焼いたり門を建てることも許されるようになったということである。

なお、この神社には明治四四（一九一一）年、近くの腰越神社を合祀《ごうし》しているが、この腰越神社についても以下のような伝説が残されている。

腰越神社は安良姫の母を祀る神社であった。

母は安良姫が観世音の加護により危うく刑を逃れて遠く西に逃れた後、日夜、姫のことを心配して、娘恋しさは日に日に募るばかりだった。ついに一念発起し、旅慣れない老いの身ながら、ただ一人、姫の後を追ってはるばると西国への旅に発つことにした。

数か月後、今の腰越神社跡の辺りに着いたが、村人達は姫の母とは知らず、追っ手と勘違いして姫の所在を名前も知らないような遠いところの里だと偽って教えた。

それを聞いた母は、もしかしたら娘に会えるかもしれないという期待が一気に去った挙

句、絶望のあまりとうとう自害した。
その後、村人たちは事実を知り、自分たちがしてしまったことに衝撃を受け、かつ母心の広大無辺さにうたれて、腰越神社として、厚く母の霊を祀った。

明治一四(一八八一)年、上述のようにこの神社は安良神社に合祀されたが、安良姫母子の霊は安良岳の麓に、離れることなく永遠に鎮まり、人々から母子の愛情の鏡として崇拝され、詣でる人の多い社となっている。

波之上神社

鹿屋市高須町

昔、高須の人々が紀州（今の和歌山県）の熊野権現に参拝し、権現の分神を迎えに行った時のことだ。

帰り道の瀬戸内海から日向灘を南下するまでは、平穏で何事もなかった。ところが、志布志湾に入って波見港が見え、ホッとした瞬間、天気が一変し曇って雷雲となったかと思うと、竜巻が起こって大荒れとなった。

それを見て一行は驚いて気を失い、船は沈没してしまった。

翌日になると、昨日のことが嘘のようによく晴れ渡り、海上は凪（風圧ゼロ）であった。朝日で輝く浜辺には、乗組員全員が無事に立っており、その前の渚に一匹の大きなウミガメが息絶えていた。その亀の傍らに、一匹のニベという魚もまた死んで横たわっていたが、熊野から迎え入れた権現の御神霊は、ウミガメの背中の上に無事な姿で乗っていた。一行はこの奇跡にしばらくの間呆然としていたが、やがて我に返るとすぐに相談しあって、馬を借りて陸路を高須に向かうことにした。

道は現在の海岸線の辺りだが、当時は深い湿地帯であったため通ることができず、仕方なく奥地の方へ回ったので、高山の飛田（現在の富山）に辿り着いた頃、もう日は暮れかかっていた。そこで地域の人に事情を告げ一夜の宿を頼んだところ、この話を聞いた崎守某は感激し、御神霊を有難く迎え入れ一行を歓迎してくれた。

翌朝、高須の一行は宿に礼を言って立ち去ったが、地域の人々も揃って御神霊に付き従い、高須まで無事送り届けてくれた。

それから後、高山の人は権現を護衛したというので、崎守（防人）と姓を改め、波之上神社の例祭には必ず裃を着け、槍を捧げて参列することになったということだ。

土地の人によると、波之上神社の境内は全域が岩石で亀の形をしているが、この下を大隅鉄道が敷設されることになり（今は廃線となっている）、亀の頭に当たる部分を切り取

ったところ、どういうわけか鉄道開通後、汽車が三回目に通過しようとした時、突然転覆してしまった。

事故原因はいまだに不明だというが、当時高須の人達は、前述の伝説を思い出し、恐れたということだ。

川上神社

指宿市開聞十町

県道五四二号線（岸良高山線）を岸良方面に南下していくと、岩屋入り口バス亭を過ぎたあたりで、道の両側に川上小学校と川上中学校が見えてくる。川上中学校のグランド横にこの神社は建っている。

休日昼時には、中学校グラウンドでゲートボールに勤しむご老人たちの姿も見え、牧歌的な光景が広がっている場所であるのだが、この神社には怖ろしくも不思議な伝説が残っている。

神社明細帳によれば、当社では古くから霊験が著しく、天明七（一七八七）年、社の山に生えていた大樫が、藩船の用材として伐採されることになり、印を付けられたところ、わずかの間に葉が霜枯れたようになり、吹いてきた風に一枚も残らず落ちてしまった。後日、伐採のために杣人《きこり》が派遣されてきたが、葉が一つもなく、そのうえ多くの虫が飛んできて木を食い、穴を開けたりしたため、杣人は驚いて検使に申し出て、付けられた印を取り外したということである。

また、長雨や旱魃《かんばつ》で作物の出来が悪いような年には、神社に降水や止雨を祈願すれば霊験あらたかであったという。それについてはこのような話がある。

昔、ここからはるか離れた志布志の地で洪水があり、被害が郷の大部分に及んだため、郡奉行衆が巡回検分したところ、全く被害のない地域があった。不思議に思って名頭（門の長、オツナとも呼ばれた）に問いただすと、「毎年、高山の川上神社に参拝して初穂を奉納し、全ての作物の成熟を祈願しているので、川上様のご利益があったとしか思えません」

との答えがあった。水を祀る神としても地元の人々から崇敬されていたのである。

ところで、この社の傍らには谷川が流れているが、それは神社裏で滝となって流れ落ち、滝下には水をたたえた池がある。この池をじっと見つめていると霊怪に襲われると、人々

は恐れおののいて近寄らなかったということである。今は遊歩道が設けられ、滝や滝壺を周回できるようになっている。

なお、この谷川の上流にはヒルが多く住み着いていたが、人の皮膚から血を吸うようなことは一度もなく、奇妙な現象の一つだったとも伝えられている。

平松神社

鹿児島市吉野町

鹿児島の参拝行事の一つに、「心岳寺詣り」というものがある。

心岳寺詣りは、十六代島津義久が弟の島津金吾歳久の菩提を弔うため、福昌寺十八世・代賢和尚を勧請、慶長四年（一五九九）、帖佐郷の飛び地、平松に建設した寺だ。明治二（一八六九）年の廃仏毀釈により「平松神社」と改められ、帖佐の飛び地も現在は鹿児島市吉野平松に変わっている。国道十号線を北上、姶良郡との境界付近、進行方向に向かい左側に鳥居がある。

心岳寺の寺号は、歳久金吾の法名〝心岳良空〟に因んでいる。

心岳詣りの由来は、戦国時代の武将である十六代島津義久が領土拡大を図り、元亀三（一五七二）年、木崎原合戦で伊東氏を討ち〝薩摩・大隅・日向〟の三州を領有し、さらに兵を進め九州全域を席巻するほどになる。

これに激怒したのが天下を統一した豊臣秀吉で、二十万を超える大軍を自ら率いて南下、二手に分かれ島津に攻撃を仕掛ける。日向、根白坂の初戦で敗れると義久は剃髪して、川内、泰平寺にいた秀吉の陣を訪ねて和睦を乞うた。三女亀寿、弟義弘の子、久保などを人質として差し出し、所領安泰を手にした。

この義久の採った方策に真っ向から異議を唱える武将の一人に、弟である島津義久金吾がいた。彼は「安易に秀吉を薩摩に入れたのは極めて遺憾、最後まで秀吉と雌雄を決するべし」と徹底抗戦を主張する。困惑した義久は懸命に説得し、ようやく了承される。

けれど、弟の歳久金吾の腹は異なっていた。島津家安泰のために頭を下げたものの、秀吉に挨拶に行くことを絶対に拒んだ。そのことを熟知していた秀吉は、引き上げる際に新納忠元のいる大口、歳久金吾が住んでいる祁答院を帰途に選んだ。にもかかわらず歳久金吾は、病と称して秀吉を無視した。

一方、大口の新納忠元はこの時、秀吉の家臣、細川幽斎と会い、「髭の辺りに鈴虫ぞ鳴く」「上髭をチンチロリンとひねりあげ」との戯れ句を詠んだ逸話はよく知られている。

この時秀吉は、歳久金吾に不信感を持ったまま帰っていくことになった。

文禄元（一五九二）年、秀吉による朝鮮出兵が始まり、島津へ兵一万五千名を割り当ててくる。義久は老齢のため、弟の義弘が代わって出陣した。この時、大隅の豪族、梅北国兼が秀吉への謀反を企て肥前、平戸で挙兵。その反乱軍に歳久金吾の手勢の多くが加担していた。

反乱はすぐに平定されたが、秀吉の義久への疑心は強く、徳川家康が中に入り取りなして、いったん誤解は解けるが、秀吉は歳久金吾の首を差し出すようにと義久に強く迫る。

それは歳久金吾に
・祁答院で病と偽り、挨拶に来なかった。
・朝鮮出兵にも応じなかった。
・梅北の謀反に、歳久金吾の配下が加わっていた。
これらの振る舞いがあり、これを謀反と断定したからだ。

お家安泰のため、義久は弟の歳久金吾に自刃させることに決め、歳久金吾を鹿児島の内城（現在の鹿児島私立大龍小学校）での宴席に招き、事情を打ち明ける計画だった。しかし、時が過ぎるまま、歳久金吾は不穏な気配を感じ、席を立ち船で逃れる。慌てた義久は討手をかける。

この後、歳久金吾は自刃するのだが、二つの説が伝わっている。

一、船中で、部下から全ての事情を聞かされた歳久金吾は、「主君の命に反抗するはよろしからず」として船を平松の海岸に着けさせる。家臣の「戦わずして死するよりも……」との声を入れ、追手と交戦、歳久金吾、三原源六の両名が残った。歳久金吾は割腹を決意するが、中風症のため刀を握ることができず、追手に対し「誰か、この首をはねよ」と命じたのだが、主君の弟とあって誰一人手を出そうとしない。が、歳久金吾の叱咤《しった》に合い、立ち上がった原田甚次が大刀を振るった。そして原田は自らも自害した。

二、平松に上陸した歳久金吾は自害しようにも刀を握ることが不可能なため、傍にあった岩に頭を打ちつけ、自ら生命を絶った。

歳久金吾の首は、京都にいる秀吉の許に届けられ晒されるが、当時、京都在住中の島津中長が大徳寺の玉仲和尚と共謀して首を盗ませ、浄福寺に葬らせた。遺体は兄義久の手で菩提寺の福昌寺に埋葬されたと伝わっている。

その後、歳久金吾の怨念か、各地で多くの曲事や災いが発生したので、彼の霊を慰めるため、平松に心岳寺を建立したのが慶長四（一五九九）年のことだ。心岳寺には歳久金吾に殉死した家臣二七名の墓も建立されている。

それ以降、御霊信仰として、歳久金吾の祥月命日の旧七月十八日、多くの人々が参拝するようになり、それを心岳詣りと呼ぶようになった。

明治二（一八六九）年、廃仏毀釈によって心岳寺は平松神社と改められたものの、参拝行事は従来のまま心岳寺詣りと呼ばれ、昭和二十（一九四五）年の敗戦時まで大勢の人々が参加した。

ＪＲ日豊線が敷設されるまでは、鶴亀城下から磯浜まで徒歩。海水浴場付近の岩瀬からポンポン蒸気船に乗って平松まで。日豊線が開通すると、当日、神社前に臨時停車場が開設され、参詣臨時列車が往復するほどの賑わいだったという。

史跡 心岳寺跡
勝運祈願

コラム二

日本最恐の怨霊は？

平安時代頃から生まれたとされる御霊信仰の影響から、強い恨みや怨念を持って死に、その後怨霊となったものを人々は恐れ、それらを静めて御霊とすることで平穏と繁栄を得ようとしてきた。

前章に書いた通り、神社の成り立ちは怨霊に恐れをなしたことに起因するものが多い。そのため、日本全国には、数えきれないほどの怨霊が存在していたという事になる。

その中でも最も有名なのが、「日本三大怨霊」と呼ばれる「菅原道真・平将門・崇徳天皇」だ。菅原道真と平将門は八〇〇年〜九〇〇年代。崇徳天皇は一一〇〇年代と、三人とも千年近く前に活躍した人物だ。

しかしながら、千年ほどたった現在でも祟りを成すと恐れられている人物がいる。

それが平将門で、伝承によると、将門の首は平安京まで送られ都大路の河原に晒されたのだが、夜な夜な目を見開き「胴体と首を繋いでもう一戦しようぞ！」と叫んだといわれている。

そして、三日目には胴体を求めて飛び回り、故郷である東国に向かっていった後、数か所に落ちた。その中でも有名なのが、東京都千代田区大手門にある「将門の首塚」だ。

首塚の祟りは近代においても凄まじく、関東大震災で全焼した大蔵省舎再建の際、首塚を壊して仮庁舎を建設したところ、わずか二年の間に当時の大蔵大臣を始め関係者一四名が亡くなり、他にも病気や怪我が相次いだことから仮庁舎は取り壊された。

また、戦後に米軍が首塚を取り壊そうと作業していた際、重機が横転して運転手が亡くなってしまったことから、工事を中止している。

これ以外にも、首塚の祟りの話は枚挙に暇《いとま》がなく、首塚周辺に立っているビル内のオフィスは、首塚に尻を向けないように椅子が配置されているという噂もあるほどだ。

そんな強烈な祟りを起こし続けている将門の首塚であるが、その圧倒的なエネルギー故、参拝するとご利益があるということで、全国各地から人が訪れる観光名所にもなっている。

第四章　怖い伝説

生き肝取り

医学の発達していない時代は、人の生き胆が何よりの良薬とされていたこともあったという。

だからといって人を殺して盗むわけにもいかず、病気や怪我などで死んだ人の墓を荒らして、肝を盗む者もいたそうだ。

当時の埋葬方法は土葬であったため、死人は木製の棺桶に入れられて土に埋められた。

その後、二十一日間は身内や集落の若者達が二四時間交代体制で墓守をしていたそうだ。

そのため、墓には番人が寝泊まりできるように番小屋が立ててあった。


その時代の番人たちに関する、こんな話が残っている。

ある年、あちこちで墓場が荒らされ、生き胆が盗まれる事件が頻発した。

その墓荒らしはいつの間にか死体から胆を盗み取ってしまうため、番人が気づいた時にはすでに犯人は消えており、なかなか捕まえることができなかった。

そのことに腹を立てた長老は番をしていた若者たちを激しく叱り、若者たちは面目丸潰れであったという。


犯人が捕まらぬまま季節は秋になり、集落に死人が出た。

若者達は、今度こそ墓荒らしを捕まえて汚名返上してやるぞと意気込んだ。その番人の中には仙八というとても勇敢な若者がおり、「次こそは必ず」と勇んでいた。

そして、葬儀が終わり棺桶に死体を詰める際、仙八ももう一つの別の棺桶を用意して中に入り、呼吸ができるように空気穴をあけて、死体の入った棺桶の上に自らの棺桶を埋めさせた。


その夜、番人達が番小屋の中で様子を伺っていると、またしても、新しい墓の辺りから土を掘るような音が聞こえてくる。

番人達は墓泥棒に気付かれぬよう、こっそりと近づいて行ったのだが、着いた時には墓は掘り返されており、仙八の入った棺桶は消えてしまっていた。墓泥棒は仙八の棺桶を担いで慌てて逃げたものと思われる。

ポッカリと開いた穴を見ながら番人達は慌てふためいた。

翌日、仙八を捜索していた村人達は、近くの峠にある大きな木の下で、腹を切り裂かれ生き胆を盗られた死体を発見した。

「仙八……何という事よ……」

今回は生きた村人がやられてしまったかと落ち込んだ村人だったのだが、よく見るとその死体は仙八ではないのだ。

元々この辺りには豊後訛りのある放浪者が住み着いており、時折、村にも竹細工などを売りに来ていたのだが、髪と髭が伸び放題のその男の見た目は鬼のようで、子供たちはたいそう怖がっていた。

そして、今目の前にある死体は、その放浪者だったのだ。その腰に下げられた皮の袋の中からは、乾燥した胆が大量に出てきた。

「やっぱい、こいつじゃったか！」

村人たちは口々に言いあったのだが、肝心の仙八の姿がない。皆で手分けして木の周りを探したのだが、なかなか仙八は見つからない。

「もしや、仙八は今頃生き胆を抜かれて……」

村人たちが心配していると、ようやく近くの深く生い茂った草むらの中に仙八の棺桶があるのが見つかった。皆が慌てて駆けつけ、棺桶の蓋を開けてみると、仙八は中でイビキをかきながら眠っていた。

皆の心配をよそに、仙八は呑気にあくびをしており、

「あいは、わいがやったとか？」

と聞かれたのだが、仙八は涼しい顔をして笑うだけだった。

それ以降、墓荒らしはぱったりとなくなったそうだ。

戸田観音

薩摩川内市中村町

樋脇川と川内川に合流する左岸の岸上に小さな社があり、戸田観音が祀ってある。その下に黒ずんだ奇妙な像が二体置いてある。これはガラッパ（河童）であるという。高さ五十センチほどの木彫りで、手足をいっぱいに広げ、大きな口から歯をむき出し全身に鱗があり、黒っぽい中にガラスの目玉だけがギロッと光る。古いほうの左足はもげている。

古くは赤い腹掛けをしており、次にチャンチャンコに変わったというが、平成三十（二〇一八）年二月、私が取材に訪れた時は、服は来ておらず裸の状態だった。このガラッパに赤い着物や腹掛けを着せてやると、歯が上から生えた赤子の水難よけになるということで、かつては赤子を抱いてお参りにくる人も多かったようだ。

ガラッパ像にはこんな伝説がある。

長禄三（一四五九）年のことだ。宮之城の城主渋谷徳重の姫が侍女七人と樋脇川で舟遊びをしていた。

ところが、岸辺に咲いた藤の花を取ろうとして川に落ちてしまい、数日後、戸田の淵にその死体が上がったので、ここに観音像を祀り、冥福を祈ったという。

そして姫の水死は河童が川に引きずりこんだからだと考えられ、ガラッパ像をその足下に置いたということだが、事の真偽はわからない。

言い伝えによると、石段の下に水神

を彫った石碑があり、この文字が消えたとき、人間を川に引きこんだ河童の罪が許されるといわれている。

それで、夜な夜な川内川や樋脇川から河童がゾロゾロと上がってきて、文字を消そうと懸命に撫でると言われているのだが、現在、この石碑がどこにあるのかはわからない。

江の島弁天

垂水市海潟

垂水市海潟の二百メートル沖に小さな島が浮かんでいる。

周囲一キロメートル、高さ六十メートルほどの小島で、元は弁天島と言われていた。

約四百年前（千五九三年頃）に、関白近衛信輔が荘園巡視の時、この場所に立ち寄り、絶景に見とれて「鎌倉の江ノ島に似たり」と感心して呟いたことから「江の島」と呼ばれるようになったといわれている。

この江の島にはこんな伝説が残っている。

「鱶九朗が来るぞ」

と言えば、泣く子も黙るほどだった。

鱶九朗は人攫《ひとさら》いとして知られていた。

しかし、彼の本拠地を知る者はいない。

四国の宇和島だというものもいれば、いや、瀬戸内海の因の島だというものもいる。

煙草の花が紫の花をつける頃になると、鱶九朗は必ず薩摩にやってきた。

薩摩は煙草の産地であり、どこに行っても畑という畑には見渡す限り煙草が作ってあった。

煙草は大人の背丈ほども高く伸びる。それに根元から天辺まで、大きな葉っぱがぎっしりとつく。

煙草畑に、十五人や二十人、しゃがみこんでいても外側からは決して見えることはない。

鱶九朗は、子分たちを連れて薩摩にやってくると、子分たちを二人三人と煙草畑の中に忍ばせておく。

そして、器量が良い娘が通りかかると、飛び出して攫ってしまう。

今度もまた、鱶九朗は娘たちを攫った。十二人も攫った。

夜を待って娘たちを船に乗せた。

月の明るい晩だった。

海が死んだように風のない晩だった。

帆を上げることができなかったので、ヨッコラヨッコラと櫓をこいで出発した。

よく晴れた晩だったのに、急に霧が立ち始めて、あっという間に海を包み込んでしまった。

一寸先も見えない、本当に濃い霧だ。闇よりももっと深く海を包み込んでしまった。

危なくてとてもじゃないが船を進めることができない。そうかといって、櫓をこがずにいれば船はどんどん流されてしまう。

人攫いの悪党どももさすがに弱り果てたその時、

「もし！」

という女の声が聞こえた。

声がしたほうを見ると、女が看板に立っている。

すぐそばにいる者の顔も見えないくらい濃い霧なのに、娘の顔だけははっきりと見える。

とても不思議なことだった。

けれど、人攫いはそんなことを考えている余裕はなかった。

「私はこの浜の育ちで、この辺りの海の事ならお任せください。目隠しされていても手に取るようにわかりますわ。私の言うとおりにお漕ぎなされ」

娘はすがすがしい声で言い放った。

人攫いどもは、娘が左にと言えば左に、右へと言えば右に船を進めていった。

すると、少しづつ霧が晴れはじめた。

娘は霧をすかして見ていたが、

「そら、あそこに見える島に船をつけなされ」

そう言い放った。

なるほど、彼方にはぼんやりと島らしいものが見える。

船を島につけると、また娘は言った。

「ここで霧が晴れるまでしばらく休んでおりませ。私はちょっと様子を見てまいります」

と、娘はゴツゴツとした岩の上をひょいひょいと身軽に登って行った。

しばらく休んでいると、霧が晴れてまた明るい月夜となった。

人攫いどもは
「おお！」

と声を上げて目を見張った。

その月明かりの中を、二隻の船が矢のような速さで向かってきている。二隻の船には弓矢を持った役人たちが乗っている。あっという間に役人たちは島に船をつけた。

そして、人攫いたちは役人に一人残らず捕らえられた。

人攫いに捕らえられた十二人の娘は無事に助かった。

けれど、この島に人攫いを案内してきたあの娘を入れると、十三人になるはずだ。攫われたのは十二人なのに、あの娘はどこから乗り込んだのだろうか。

それにしても、あの娘を一人で島に残しておくことはできない。

手分けして島中を探したものの、娘の姿はどこにもない。

十二人の中の娘の一人が島のお堂をふと覗いてみると、弁才天の像があった。その像は、あの娘そっくりの顔をしておられた。

「ああ、弁才天様がお救い下されたのじゃ」

娘たちは手を合わせたという。

十三塚原

霧島市溝辺町崎森

国分平野北方にある、東西六・五キロメートル、南北十一キロメートル、標高二百〜三百メートルのシラス台地は十三塚原と呼ばれている。

この地名の由来は、この伝説によるものだ。


遠い遠い昔のこと。

鹿児島の国分八幡と大分の宇佐八幡は、九州で一、二を争うほどの大きな権力を持った八幡神社だった。

神主たちにも名誉欲があり、ある時二社が抗争を始めてしまった。

抗争の原因は、どちらがが正式な八幡神社であるかというものだったそうだ。

「宇佐八幡こそ正八幡宮でござるぞ。その昔、和気清麻呂が、遠く都から神託をうけたまわりにきたのは、国分八幡などではござらぬ。我が宇佐八幡でござったわ。この事実こそ、宇佐八幡が正八幡であるという、かくれもなき証拠でござるわ」

と言えば、国分八幡のほうも、

「何を言われる。よくよく耳をほじって聞かれよ。そもそも、わが国分八幡は神武天皇の勧請によって、ヒコホホデミノミコトを祀り申したのが、そのはじめでござるわ。清麻呂を持ち出して、正八幡などと申すは、無学文盲の申すべきことよ」

と、負けてはいない。

なにしろ、昔は屁理屈ということにかけては、坊主と神主の専売特許のようなものだった。

お互いに、たらたらと屁理屈を七年間も述べ合った。

屁理屈を並べ合った時に、必ず勝つ原理がある。正しいとか、正しくないとかは無関係であり、屁理屈のうまいほうが必ず勝つようになっている。

ところが、屁理屈にかけては両方とも達人だったようで、七年間争っても勝負はつかなかった。

宇佐八幡のほうでは、代々、宇佐が正八幡と語り継がれてきた。だから、宇佐八幡宮の神主たちは心からそう信じきっていた。

「嘘八百を並べ立て、屁理屈でごまかそうとする国分め。すておけぬわ」

と、宇佐川はたいそう腹を立てた。

「どのような手段を用いてもよろしい。にっくき国分が、以後、嘘八百を並べ立てることができないようにしてまいれ」

と、心利いた十四名の神官を選んで、国分の地に立たせた。

「こりゃまあ。えらい役目をひきうけてしもうたもんだわ。どうしたらよかろうか」

と、考えながら旅を続けたが、良い考えも浮かばないままに、国分についてしまった。

国分に着いたのは夕方だった。

十四人の者は、畑のあぜ道に腰を下ろして休んでいた。

ちょうど、菜種の収穫が済んだ後で、百姓衆が菜種をとった後の葉や茎を、畑の真ん中に山のように積んで燃やしていた。

その枯れた葉や茎の燃えやすさはすさまじく、少し火種を点けると、あっという間にメラメラと大きく燃え上がる。

次第に、夕闇の迫ってくる国分平野のあちこちで、そのような火が赤々と燃えあがってきた。

十四人の者は、自分たちに負わされた仕事のことも忘れて、「美しいなぁ」と思いながら火を眺めていた。しかし、その中の一人の神官が急に、

「おお！」

と言って、膝をポンとたたいた。

「どうしたのじゃ？」

「あいつさ。そら、あの枯れた菜種の葉と茎さ」

これだけのことでは、あとの十三人もこの神官が何を考えているのかが分かった。

「うん、なるほど。あいつを使うのか。良い考えじゃ」

と、互いに頷きあった。

その日のうちに、十四人の神官たちは仕事にかかった。

里の者も、国分八幡の神官たちも、ぐっすりと寝込んでいる真夜中に、神官たちは菜種の枯れた葉や茎を集めてきて、神社の神殿の床下に大きく盛り上げた。

神社の境内の大きな建物という建物の床下で、ことごとく同じようなことを行った。

十四人の者は、手分けしてそれぞれが一斉に火をつけた。

十四人の者は、裏山に身を潜めて、下の様子をうかがっていた。

しばらくすると、「わぁ！」という叫び声がおこった。何十人、何百人もの人が叫びまわっている。

「おお、こりゃあ大火事にならぬうちに消し止められはしないかな」

と、十四人の者は心配していた。

やがて、パチパチとモノがはじける音がして、ゴウという音とともに火の手が大きく上がった。

大きな建物という建物から一斉に火の手が上がった。

あたり一面が真っ赤になり、天をも焦がすほどの勢いだった。

「神社が丸焼けになってしまえば、正統もくそもない。黒を白と言いくるめようとした者どもへの神罰じゃ」

と考えながら、燃え盛る火のまわりを右往左往して飛びまわる神官や里人たちを眺めていると、突然東の空がピカリと光った。

目も眩《くら》むほどの光だ。

同時に、百の雷が一度に落ちたような音がした。とてつもなく大きな音だ。

思わず、地面に体をピタッと伏せた。

恐る恐る顔を上げると、燃え盛る炎の真ん中に真っ黒な煙のようなものが、まん丸い形でぽーんと浮かんでいる。

「こらまあ、どうしたことかい」

目を凝らして、まん丸い煙のようなものを見つめていると、その玉は次第に崩れて、炎の中に字が現れた。

『正八幡宮』

という文字が、燃え盛る炎の中にはっきりと現れている。

十四人の者は飛び上がらんばかりに驚いた。

国分八幡が嘘偽りのない正八幡宮だったのだ。

「こりゃまあえらいこった。急いで帰って、宇佐側に伝えねば……」

と夢中で山を駆け上った。

山の上は台地になっていた。

行けども行けども尽きることがないと思われるような大きな台地だった。

走っても走っても台地は尽きず、神官たちは疲れきってしまった。

マガタマの大木があったので、その下で一休みしていると、ミリミリ……と音がして、突然十四人の者の上に大木が倒れかかった。あっという間の出来事だった。

十三人の者は大木の下敷きになって息絶えてしまったが、一人だけ生き残った。なぜなら、あまりに疲れていたので、大木の下の窪地になっているところに、大の字になってひっくり返っていたからだ。

長承元（一一三二）年の出来事だ。

その後、里人が一三人の死骸を見つ

け、哀れに思って葬ってやり、その上に土を盛り上げて十三の塚を作った。

それ以来、この高原を十三塚原と呼ぶようになった。

昭和十二年、崎森の青年団が、塚があったあたりに十三基の石碑を建てたのだが、この辺りは開発が進み、畑になったり、飛行場ができたり、家も随分と増えている。

その後、農業改善事業によって本来の史跡は失われ、記念碑と共に当時の縮尺及び原型を保存し、「十三塚原記念公園」として、現在の場所に移されている。

池王明神

指宿市池田

昭和五十年代、第二のネッシーとも言われる「イッシー」が目撃されたことにより、一気にその名を全国へと轟かせた石田湖。周囲は十五キロメートル、水深は二百三十三メートルという九州最大のカルデラ湖だ。

昭和三六（一九六一）年、この池で巨大生物を見たという目撃情報が出た。そして、昭和五三（一九七八）年には、池田湖畔にある家に法事のために集まった約二十名全員が巨大な生物が泳いでいたと証言し、ニュースとなった。

その巨大生物は全身が黒く、形は蛇かウナギのようで、背中にこぶがあったという。同年、その巨大生物の写真までもが出回ることとなり、イッシーブームは加速していった。

地元の観光協会も、イッシーの目撃情報に賞金を懸け、ＰＲすることになった。

その巨大生物の正体は、石田湖に生息している、最大で二メートル前後まで成長する大ウナギだろうと言われているのだが、実はこの場所には、江戸時代後期に薩摩藩が編纂《へんさん》した「三国名勝図会」にも、竜の伝説が残っている。

昔、池田村・池端門の四郎という農民の先祖が、ある日、某家の婚礼に行くと言って池のそばを通っていた時、頭は人間、体は竜の形をしたものが水辺の草の中に横たわっていた。それを見た先祖の某《なにがし》は、すかさず短刀を抜いて竜の首を切った。傷ついた竜は鮮血を散らしながら水の中に入り見えなくなってしまった。

その夜のことである。先祖の某は突然得体の知れぬ病にかかり、死んでしまった。その妻もまた病気となり、狂ったように、

「我はこの池の竜王である。我を殺したのでお前達の子孫はことごとく絶えさせてやる」

という言葉を告げた。

そこで親族たちは驚き恐れ、いろいろとお詫びをし、今後、竜を神として崇め、そのための社を建て祭祀を怠らないようにすると誓い詫びたので、竜は、

「我に母がある。我と我が母を共に神として崇めてくれれば罪は許してやろう。ただし、

神社を建てるに及ばない。生樹を神体としてくれればそれでよい」

と言い終わると同時に妻の病は治ってしまった。

その後、竜の死体が池王の地に見られたので、家族たちは約束を守って、その池王に竜を祀った。その傍の石の祠は竜の母ということである。

また一説では、この四郎の先祖某は、大迫門で農作をしていたが、対岸の池王の地に竜が蹲《うずくま》り横たわっていたのを見た。その時、この先祖某から金を借りていた土地を持つ者が付いてきていたが、先祖の某はその者に向かって、

「お前があの竜を殺したら金は返さなくていい。お前にやろう」

と言った。

そこで、その者は急いで竜が横たわっている場所に行き、鎌を振るって竜の首を斬った。竜は傷つき、驚いて水の中に入っていったが、やがて池王の地に上がって死んでしまった。そのことがあった後、先祖の某もすぐに死んでしまい、その家は次々に災難に遭うという不幸が続いた。

そこで家族たちは悔い改めて竜を神として崇めたが、竜の祟りは解けず、この一族はそ

の後ずっと貧乏で子宝に恵まれず、代々養子縁組であったと伝えられている。

この社の祭祀は毎年六月十八日で、その日には神酒と鱗の形をした餅三百六十四個が供され、また、人々は酒を飲んで酔い、横になって臥せることが習わしであったという。竜が臥せる様子に似せたのである。

三国名勝図会にも書いてある通り、昔は小さな丘の上に松の木がご神体として祀ってあるだけだったというが、今では「池尾大明神」と書かれた石碑が小さな祠の中に収められている。

持明像

鹿児島市城山町

鹿児島市美術館敷地内の片隅に、顔を白く塗られた「持明像」と呼ばれる石像が鎮座している。

この石像については様々な逸話があり、過去に何度か新聞等で紹介されているのだが、その一つを紹介する。

昭和二六（一九五一）年七月二一日から、「南日本新聞」は「伝説パトロール」というコラムを連載していた。その第一回目は、話題提供者の塩田シズ子さんの話をベースに記事を作成しており、見出しは「白粉つけてと泣く石仏、殿様から笑われ、果かなくも自刃、シコ女の押し付け女房」というものだった。

当時の記事をそのまま引用する。

雨もよいの午後十時ごろ、鹿児島市山下町の元市役所跡は、スミを流したように真っ黒である。その昔、島津の二の丸城跡で最近までは幽霊の住むところといわれただけあって、外門から一歩内側に足を踏み入れると、こんもりと周囲を蔽う樹木、築山、池、そして雨戸をピタリと閉ざした小さな庵室、人影はおろか電燈の明かりさえもとおらない。これだけで怪談の舞台背景は満点だが、おまけに正面には戦災で焼け崩れた市役所のあとが凄味を一だんときかせ、滅びゆく文化の墓場さながらである。玄関左側に樹齢もわからぬ大きな樟が天を蔽って奇怪な格好の幹や枝を伸ばしているが、その根元に小岩のような石像が黒々とうずくまり、人間の三倍もある顔だけがほの白く闇に浮き出している。これを見ると知らぬ者は誰でも〝ギョッ〟とする。これが今日の話題のお白粉をつけた石像である。

島津一七代家久公というから四百年も前の安土時代、時の権勢織田信長は天下統一の夢いま一歩というので、薩摩の太守家久公に信長の女、持明姫を押しつけ女房として差し向けた。政略結婚である。ところが彼女はまれに見る酷女でおまけにせむしだった。これには家久公も驚いたが、相手が信長では仕方がない。〝有りがたく頂だいつかまつる〟というので正妻としてめとったわけだが、それから家久公は色好みとなり、美女を数名常にはべらしていたといわれる。

或る日、大奥の彼女は鏡に向かって髪をとき化粧の最中、うしろの唐紙がサッとあき、主人の家久の顔が鏡に映った。その顔は〝酷女めが鏡の前の苦心かな〟といったあざわらいである。最後にペロリと舌を出し、ピシャリと音をたててフスマが閉った。最愛の夫からあざ笑われる悲しさはたとえようもなく、彼女はそのまま酷女の悲しさを遺書に残して自刃して果てた。その墓はいまも鹿児島市池之上町福昌寺にあり、島津代々の霊を祭る磯の鶴嶺神社に合祠されている。毎年の六月燈にはお詣りの善男善女にお白粉と紅の入った貝がらが渡されたのを古い人は知っているだろう。この物語のヒロインが白粉を塗った市役所跡の石像となったのである。

この石像が生まれたのは無念の涙をしぼって自殺した持明姫の亡霊が福昌寺に厚く葬られても成仏できなかったのか、和尚たちを毎夜襲ったので、二名の僧がこれを石に刻んで、二の丸城跡の位置に安置したのではないかという話である。亡霊はさらにいう〝おしろいをつけてたもれ〟いつのころからか石像には誰がつけるともなく白粉が塗られはじめたのである。そして世の酷女は彼女の霊を慰めることによって美しくなるという迷信が起こった――。

不思議なことにごく最近、彼女の石像は日増しに白粉が濃くなり、頭髪部には油さえ光って、荒削りの体は美しく洗われているのである。

それは今年の四月ごろからだった。人気のない小さな庵室に気品高い一人の中年の未亡人が移ってきたからである。夫を失い、子どもを戦争に奪われたこの未亡人は、毎夜石像の亡霊に悩まされはじめ、それ以来、石像に奉仕することが生活のすべてとなったのである。怪像とこの未亡人の奇怪な組み合わせは美術館として生まれ変わろうとする市役所跡の焼跡に、今もなお続いており、雨の降る夜、石像の顔のおしろいが流れるのを防ぐため傘をさしかけてたたずむ彼女の姿はひそかにしのびこむアベックの肝を冷やしている。

だが記録に残る持明姫の菩提寺は市内興国寺で、持明姫と石像とは関係がなく〝風の神〟だという説も成立するわけで、島津家ではこの石像と持明姫のつながりについて調査を行っている。

上記のように、この顔を白く塗られた像は持明姫の可能性があるという風に書かれているが、実はこの石像と持明姫の関連を説いたのは、戦後、この記事が初めてであり、それ以前は風の神や白地蔵だろうといわれていた。

また、文中では元市役所跡と書かれているが、同地は現在、鹿児島私立美術館の敷地であり、もともとは鶴丸城二の丸の跡地であった。

昭和四（一九二九）年九月四日の朝日新聞鹿児島版には、

「鹿児島市役所の左側に当たる樹木の下に、高さ約五尺五寸大の巨大な石像が建てられてある。昔から此の石像は『風の神』と言い、市役所では常に花を手向けている。（中略）さて、此の風の神の由来についての一説に『島津久光公は釣魚が却々お好きなので、魚釣りに出かける場合、海上が荒れては困ると言うので、此の風の神を建立し、釣魚に出掛けらるる時は、何時も此の神に海上の平穏無事を祈って出掛けられるもので、天候の平穏無事の為、建てられた』ものと伝える」

と書いてあり、持明姫とは一言も書いていない。

そして、白地蔵については、古来より願掛けをする際は地蔵に化粧を施す風習が各地にあったのだが、その白地蔵が、廃仏毀釈の際に『大乗院』という島津氏の祈願寺から鶴丸城の二の丸に移されたという資料が残っている。

つまり、持明像の正体は白地蔵である可能性が高く、持明像説は新聞記事を発端に広まった新説ということになる。

鬱蒼《うっそう》と生い茂った木々の中で白粉をたっぷりと塗られた像の白い顔を見ると、今にも話しだしそうな雰囲気が漂っており、その異様な様相を見て人々は想像を膨らませたのだろう。

第五章　怖い歴史

隠れ念仏

かつて、政治が宗教を弾圧している時期があった。

薩摩藩による一向宗禁圧の歴史がそれだ。江戸時代、藩の弾圧の目をかいくぐった信仰を隠れ念仏という。

一向宗とは、浄土真宗あるいは真宗の別称である。親鸞に始まり、室町時代、蓮如の時期に大きく勢力を伸ばした。

戦国時代には、一向宗の本願寺門徒は、一向一揆という形で戦国大名と対立した。しかし、結局は幕藩体制下に取り込まれてしまう。幕府は一向宗を通じて個々の民衆を支配しようとして、本願寺側も幕府の定めた寺請制度を通じて檀家とのつながりを強化し、宗派の維持に努めた。

こうして本願寺は、江戸時代、日本の総人口の半分を檀家として組織する宗派となった。ところが、南九州の相良人吉藩と島津薩摩藩だけが、この一向宗を禁止し続けた。そのために、一向宗門徒は隠れ念仏とならざるを得なかった。

なぜ薩摩藩は一向宗禁制の法を変えず、厳しい弾圧を続けたのか。これには諸説ある。豊臣秀吉の島津氏征伐のとき一向宗門徒が近道を教えたとか、島津宗家の有力な対抗馬だった薩州島津家、あるいは島津家に敵対した伊集院幸玩一族や、家督をめぐるお家騒動の対抗派が一向宗派であったからといわれる。

いずれも門徒が島津藩にとって利敵行為をしたというのが禁制の理由とされている。しかし、一向宗禁止の話はそれ以前、島津日新斎の言行を記した『日新菩薩記』にすでに記されている。また福昌寺開山の石屋真梁禅師が、南北朝合体のときの勲功に対して一向宗禁制の行政の特別な許可を得たといわれているが、薩摩藩に一向宗が浸透し始めたのは、南北朝合体から一世紀ほどたってからのことである。

門徒の利敵行為や石屋の勲功などは、時間的に辻褄が合わず、到底禁制の本質的理由とはなりえない。

もっとも本質的な理由は一向宗の教理の中にある親鸞の唱えた平等主義が、薩摩の領主権力の権威と相いれなかったからである。

島津氏は、織田信長軍や徳川家康軍が体験した長島一揆、石山戦争・三河一揆など一向宗の信徒が起こした反乱の歴史を知っていたために警戒し、領土内に一向宗が普及したのを事前に防ごうとした。

県内各地に残っている「隠れ洞穴」からは、一向宗禁制の実態をうかがい知ることができる。

知覧郷は薩摩藩の中でも一向宗の信徒が多く、隠れ念仏にちなむ遺物や遺跡が多く残っている。知覧歴史館には、五百年の歴史を持つといわれる「親鸞上人御絵伝」や、秘仏を隠すために一部をくりぬいた家の柱、親指ほどの大きさの仏像などが展示されている。

知覧町立山地区の「隠れ洞窟」は、今でこそ見学者用として道が広くなっているのだが、道の中央にある椿はカモフラージュのために植えられた可能性がある。

藩の役人の目から逃れるために、要所要所に見張りを置いて、信徒たちは秘密裏に集まっていた。

入り口は大人が這ってようやく入ることができるほどの大きさだが、内部は開けており、十九人程度が入れるようになっている。天井には空気入れ替え用の穴も開けてある。この隠れ部屋の中で信者たちはご本尊を秘かに拝んでいた。

これだけの注意を払っていても、藩の探索は執拗で、見つかってしまえば本堂は焼却され、信徒たちは過酷な拷問を受けたうえで島流しや死刑にされた。

実際に刑を受けた子孫の話によると、石抱きの刑を受ける受刑者は表面がのこぎり状になった木の板の上に正座させられ、重さ四キログラムほどの石を一枚ずつ重ねられていく。五枚も重ねられると下半身の骨は砕け、受刑者は下半身不随となり歩くことができなかったという。

また、二一歳で処刑されたお千代の物語も伝わっている。

寛政五（一七九三）年、五百石取りの武士の娘・お千代は、都見物の際に本山に参拝したのだが、帰国後にそれが発覚してしまい、取り調べを受けた。役人はお千代に対して信仰を捨てるように促したが、「仏様からいただいた信仰を改めることはできません」と拒否したため、処刑されることになった。

この時代は、容疑者が自首して転宗した場合は、身分を落とされた上に前科者の烙印を押される。死刑となることはなかったのだが、お千代のように殉難を恐れないものが多かった。

藩によって一斉摘発が行われると、多くの信者が捕らえられる悲劇が発生した。中でも天保十四（一八四三）年の弾圧は非常に大規模で、摘発の本尊は二千に及ぶといわれている。


江戸時代、他宗が寺領と固定した檀家に胡坐《あぐら》をかいて、民衆に対する布教活動をまともに行っていなかった中、一向宗は唯一個性の強い宗派だった。

薩摩藩は領内の寺院に対して手厚い保護を与えてきたが、この時代最も多くの人々をとらえて離さなかったのは、禁制の一向宗だったようだ。

一向宗への信仰を貫き通し、殉難の目にあった信者たちは、死後、極楽浄土へと行くことができたのであろうか。

去川の関所

かつての薩摩藩は他の藩に実態を見せない二重鎖国といわれており、その関所の厳しさは群を抜いていた。

その中でもとくに有名なのが去川の関で、当時は旧薩摩藩領だったが、現在は宮崎県高岡町となっている。

去川の関は天然の要塞と呼ぶにふさわしく、両側に高い山がそびえており、旅人は山伝いにきても川伝いに来ても結局ここから川を渡ることになる。この場所にしか渡船がないからである。

現在は上流にダムができた影響で水は枯れているが、大淀川は高岡のあたりで激流となり、その激流が一か所だけ上下を大きな岩によってふさがれ、プール状態になっている。

その場所だけは船で渡ることができたのだが、他の場所は激流で、船を下ろした瞬間に猛烈な勢いで流されていったという。

渡船場では、旅人が対岸にいる船を呼ぶと無礼討ちにあうことになる。船は関所の都合で出すものであり、旅人の都合で出すものではなかったからだ。

そして、去川の関は恐ろしい場所としても知られていた。鹿児島で余所者が罪に問われ、「日向送り」または「長送り」とされた場合、去川の関へと送られ、関所を出た途端に帰国を申し渡される。しかし、関所を出ると、関所の外である高岡郷の兵児二才（十四から二十歳の男たちで結成される薩摩独自の教育訓練システム）が襲い掛かり、殺害するという定めだった。つまり、国外追放は死刑を意味するのだ。

西郷隆盛は、幕末に安政の大獄で揉めていた京都から、勤皇僧月照を薩摩にかくまおうとして連れてくるが、幕府に恐れをなした藩の方針によって日向送りにされたため、月照とともに錦江湾にいて入水自殺を図っている。

また、薩摩藩の関所は他の藩に比べて監視体制も厳しく、その中でも特に本街道の国境に置かれた関所での出入国の手形検査の厳しさは有名だった。

十八世紀末ごろ、九州一周中の古河古松軒という人物が薩摩藩に入ろうとしたときの記録が残っている。（西遊雑記）

古松軒は六十六部の修行僧に身を変えていたが、手形の検査ならびに荷物の検査は厳重だった。その時、領内に入るのにお金を銀三分以上持ってはいなければ入ることはできなかった。領内に入って行き倒れになった際、百姓の迷惑になるので弔い料は最低でも持っていなければいけなかった。

また、治安上も、藩内でお金が無くなった場合は泥棒を働く可能性もあるので、ある程度のお金を持っておくことが必須事項だった。

そして、見せ金というのも必要で、関所の役人が荷物を尖った棒のようなもので刺して調べるので、それを免れるためだ。

この時代は、他の藩は関所も大分ゆるくなっていたのだが、薩摩藩だけは厳しい監視体制を敷いたままだった。

その理由はいくつかあるようで、外からの危険な情報や思想が入ってくるのを防ぐためや、疱瘡《ほうそう》などの伝染病が入ってくるのを防ぐためだといわれている。

前話で述べた一向宗もまさにこれに当てはまり、一向宗の僧侶の入国も関所で厳しく規制されていたのだ。

かつて、関所付近で無実の罪で切られた人々の浮かばれぬ魂は、今もこの場所で漂っているのかもしれない。

西南戦争

鹿児島の歴史を語るうえで西南戦争は外せない。二〇一八年現在、日本最大にして最後の内戦である。

「政府へ尋問の筋これあり」

東京から鹿児島に派遣されていた「視察団」が、西郷隆盛の暗殺を目的としていると憤慨し、こう宣言して西郷以下が挙兵した時、従う者は約一万三千人で、その後九州各地から集まった部隊などが加わり、総兵数は三万名余りまで膨れ上がった。

対する政府軍は六万人余りを動員し、半年以上にわたって戦争が行われることになる。

西南戦争は、当時の最新鋭の軍装を施した政府軍と、旧式の装備を使用する薩摩軍との戦いだった。

勇猛で知られる薩摩軍だが、反乱の名分はあいまいなところがあり、また、軍内部も私学校から徴募隊（強制的に徴兵させられた軍隊）まで多様な形式をとっており、士気にも大きな差があったため、戦死や病気、怪我の他、途中で降りた将兵の数は一万人以上に上るといわれている。

そのような状況の中、薩摩軍は次第に追い詰められていった。


明治十（一八七七）年九月二四日・午前四時。官軍砲台からの三発の砲声を合図に官軍の総攻撃が始まった。

この時、西郷以下将士四十名余りは洞窟の前に整列し、岩崎口に突撃した。雨のように降り注ぐ弾丸に将士たちは次々と倒れ、西郷も島津応吉久能邸門前で股と腹に被弾した。傍らの別府晋介を顧みた西郷は、「シンドン、シンドン、もうここらでよかろう」と語ってひざを折り、東の空に向かって手を合わせた。別府は、「ごめんなもったし」と語りかけ、首を落とした。別府はそのまま弾雨の中に飛び込んで戦死した。

その後、薩摩軍は全滅し、西南戦争は終結した。

戦いが終わり、官軍は薩摩軍の兵士たちの遺体の検視を行ったのだが、もちろん重要なのは西郷隆盛の遺体を確認することだった。西郷と思わしき巨体の遺体は発見されたのだが、首が無かったために判別に苦しんだ。

西郷の首は、別府によって政府軍から発見されないように、近くの折田正助の邸門前の溝に埋められたという。この地には現在、南洲翁終焉の地が建っている。

この時、官軍の指揮官だった山県有朋らが確認し西郷隆盛の死が発表されたのだが、その決め手となったのは睾丸の異常な大きさだったといわれている。

西郷は島流しによって沖永良島に流されていたのだが、その際にバンクロフト糸状虫という寄生虫に寄生され、フィラリアにかかったと推測されている。この病気になると、体の末梢部の皮膚や皮下の組織が著しく増殖して硬化する。脚や上腕、陰嚢などで発症し、肥大する症状が出る。皮膚が象の表皮のように分厚くなるので、象皮症とも呼ばれている。

晩年には睾丸が人の頭ほどの大きさになっていたため、普通のふんどしでは間に合わず、白木綿で睾丸を吊り上げて肩から下げるようにしていたという。そして、その睾丸の大きさのせいで馬に乗ることもできず、戦争のときは籠に乗り込んで移動していた。

この巨大な睾丸が、巨大な首なし遺体を西郷だと断定する決め手になったという。


西南戦争の戦死者の遺体は、鹿児島の五か所に分けて借埋葬された。明治一二（一八七九）年に入り、有志たちによってそれらの墓を一つにまとめる計画が立ち上がり、のちに、九州各地に散在していた合計二千二十三人分の遺骨を集めて葬ったのが南洲墓地である。南洲墓地には年々参拝者が増加したため、明治一三（一八八〇）年に墓地の横に参拝所が設けられた。これが南洲神社だ。

太平洋戦争で南洲神社の社殿は焼失したのだが、戦後に再建されている。


薩摩軍の首領である西郷隆盛は、明治維新最大の功労者であり、英雄だった。その人気は死後も健在で、それを示すこんなエピソードがある。

西南戦争終結後、命を失ったはずの西郷が星の中に現るという目撃情報が盛んに流れた。当時の錦絵にも軍服を着た西郷が星の中に浮かんでいるという図が多く描かれた。実際に見たという人も続出し、これは「西郷星」と呼ばれたのだが、当時、地球に大接近していた火星のことだろうといわれている。

しかし、西郷は死後もなお、人々の心の中に生き続けた。西郷星は、大勢の人が西郷を思う気持ちが具現化したものなのかもしれない。


また、西南戦争終結から十四年後の明治二十四（一八九一）年、ロシア皇太子・ニコライが親善の目的で来日した際、死んだはずの西郷がロシア皇太子に随行して帰国するという噂が流れた。西郷は生き延びており、ロシアに逃亡していたという噂があったのだ。

当時の日本はロシアとの間に緊張が走っており、西郷さえ生きていれば事態が解決できたのではと考える人が多かったことから、このような噂が生まれたのだろう。

宝島

鹿児島郡十島村

日本最後の秘境とも呼ばれる吐噶喇列島《とかられっとう》。

七つの有人島と五つの無人島から構成され、最南端には、その名前からして何かがありそうな「宝島」がある。

隆起サンゴでできた美しい島で、ハートのような形をしている。周囲約十三キロメートルの小さな島で、二千年以上前から人が住んでいた形跡が発見されている。

この島が宝島と呼ばれるようになったのは江戸時代からで、薩摩藩の直轄領となってからだ。

宝島の名の通り、十七世紀のイギリス生まれの海賊・キャプテンキッドが財宝を隠したという言い伝えがあり、財宝を隠したといわれる鍾乳洞も残っている。

この財宝を求めて、実際に世界各地からトレジャーハンターが訪れたといわれている、ロマンあふれる島だ。

ここまでは、自然豊かで財宝が眠っている可能性のある夢のような島という話だが、この島は幕末史に残る事件の舞台にもなっている。

十九世紀になると日本近海に多くの外国船がやってくるようになっていたのだが、文政七(一八二四)年、事件は起こった。

来島したイギリス船の船員が、島民に牛を譲渡するように要求したが、藩の役人はこれを拒絶した。

すると、数名の船員たちが島に上陸して牛を略奪し、役人に向かって発砲した。役人はすぐに逃げ出したのだが、吉村九助は果敢に立ち向かい、イギリス人一人を射殺。浪人であった本田助之丞と田尻後藤兵衛も戦いに参加したという。

事件後、吉村はその勇敢さを称えられて郡奉行にまで昇進したという。

この事件をきっかけにして、翌年の文政八年(一八二五)年には異国船打払令が出されたということだ。

海賊とも呼べるようなイギリス人達との戦いを終えた後、島は平穏を取り戻した。そして、そこには今でも密かに、宝が眠ったままになっているのかもしれない。

竜ヶ水

鹿児島市吉野町

世界の中でも災害の多い国だといわれている日本。

そのため、先人たちはその土地の名前に危険だと知らせる文字を当てはめ、その思いを託した。

鹿児島の「竜ヶ水」と言う土地はまさにそれで、「竜が水を吹くように水害が多い」ということから、その名がつけられたといわれている。

幾度となく災害に見舞われている竜ヶ水であるが、その中でも一番被害が大きかったのは平成五年（一九九三）八月に発生した記録的な集中豪雨だ。崖崩れと土石流が何度も発生し、渋滞中の車列や日豊本線の列車が巻き込まれ、六百五十人以上がこの地域に取り残された。

状況は悪化の一途を辿り、土石流によって進路を塞がれた列車は引き返そうとするものの、手間取っている間に後方でも土砂崩れが起き、身動きの取れない状況となる。そして、竜ヶ水駅付近でも土砂崩れの予兆が起き、三百人の乗客は絶体絶命の危機に陥った。

その時、一刻を争う事態に機転を利かせた乗務員は、こういった場合は車内で乗客を待機させるのが基本なのだが、あえて乗客を海の方へと避難させ、車両を土砂が崩れそうなところに移動させて壁とした。その直後、列車を土砂が直撃する。脱出した乗客は無事だったのだが、乗務員の指示に従わなかった三人は亡くなっている。

脱出した乗客たちは他に取り残された人たちと合流し、この六百五十名を二人の警察官が命懸けで誘導した。その後、桜島フェリーや漁船、海上保安庁の命懸けの救援活動によって順次鹿児島港へと輸送された。

これだけの大災害にもかかわらず、乗務員や警官等の活躍によって、竜ヶ水地区の死者は四名にとどまった。

この大災害を風化させないため、現在竜ヶ水駅のホームには災害復旧記念碑が建てられている。

やはり、先人たちが地名に込めたメッセージは疎かにしてはならないのだろう。

ちなみに、塚・佛・柩の字が入っている地名は、過去に墓だったことを意味しているという説もある。引っ越す際は、最近流行りの事故物件サイト以外にも、地名の意味も調べた方がいいのかもしれない……。

桜島

鹿児島市

世界有数の火山大国である日本は、有史時代から度々大噴火によって大きな被害を受けてきた。いわば、火山災害は日本の宿命ともいえる。

日本に多くある火山の中でも、現在も盛んに活動を続けており、激しい火山として世界的に知られているのが桜島だ。

鹿児島市街地から桜島を眺めると、山頂にほぼ南北に並ぶ北岳（千百十七メートル）・中岳（千六十メートル）・南岳（千四十メートル）の円錐丘が連なっているのが見える。一見、一つの火山のように見えるのだが、実は北岳火山と南岳火山からなる複合火山であり、ほかにも複数の測火山（寄生火山）からできている。

海を挟んだ約四キロメートル先には、六十万人近い人が住む鹿児島市の市街地があり、このような大規模都市のすぐ傍《そば》に活発な活火山があるというのは世界でも稀な例だ。

火山と隣り合わせの生活というのは危険と隣り合わせと言う意味でもあり、目に見える形での被害と言えば、空揺や噴石、土石流があげられる。

空揺とは空気振動のことで、爆発的噴火の時に発生するものだ。昭和四十九（一九七四）年ごろから火山活動が激しくなると、空揺もその数を増してきた。同年五月一日の爆発では、火口から三十五キロメートル離れた指宿市や、七十二キロメートル離れた熊本県人吉市でも、かなりの大きさの空揺が人体に感じられるほどだった。

そして、空揺被害で近年最も被害が大きかったのは昭和六十（一九八五）年で、同年一二月三日の爆発では、鹿児島市内で窓ガラス一八八枚が割れ、同月十九日の爆発では垂水市で窓ガラス八十五枚が割れるという被害があった。この年の空揺は、なんと福岡県飯塚市で観測されたものもあったというから驚きだ。

大きな爆発を伴う噴火では、火山灰の他に、かなり大きな噴石が山麓の人家近くまで落下して被害を与えることがある。

噴石による最初の人的被害は、昭和三十（一九五五）年十月十三日、十四時五十二分に起こった爆発によるものだった。この時、登山中だった学生に噴石が直撃し、一名死亡、九名の重軽傷者が発生した。その二日後にも、南岳だけで二名の負傷者が出ている。

一九七〇年代に入ると爆発は激しさを増していくのだが、特に激しかったのは昭和五十三（一九七八）年七月二一日だ。この日は火山灰が大量に降り、桜島内で三名が負傷し、自動車七七台のガラス、住宅の窓ガラス百五十一枚が破損し、鹿児島市内でも窓ガラスの破損や市電の交通不能、停電が起こった。

そして、噴石による被害は地上だけにとどまらなかった。

昭和四十七（一九七二）年から五十四（一九七九）年にかけては、鹿児島や宮崎の上空で、噴石が飛行中の航空機のフロントガラスに衝突して、ひび割れのために見通しが悪くなるという事故が発生した。これは大きな問題となり、昭和五十五（一九八〇）年一月から、別のコースでの飛行に切り替えることによって問題はほぼ解決した。

昭和五十八（一九八三）年からは桜島南岳の活動が活発となり、多数の家屋や自動車の窓ガラスが被害を受けた。

翌年の五十九（一九八四）年七月二十一日には、桜島有村地区に多量の噴石が落下し、

民家の屋根瓦三十七枚を壊し、ぼやを発生させたりした。この時、道路や畑地には大きな穴が開き、最大のものは直径七・二メートル、深さ一・四メートルもあり、付近には約一・四メートルの噴石が転がっていたという。

　この噴石対策として、主要な幹線道路沿いには避難壕が設置されている。さらに、桜島島内配備の消防車両のうち、東桜島支署管内の消防団積載車には全車、屋根の上に噴石除けの金網が張られ、ウインドーガラスには庇《ひさし》が取り付けられている。

　一九七〇年代に入り降灰量が多くな

ってからは、土石流の発生回数も増え、野尻川をはじめ桜島の多くの河川で頻繁に発生するようになった。

桜島の山腹には、頂上付近を頂点としていくつかのヒダが走っているのだが、これは流水や土石流で作られた浸食谷で、普段水は流れていない。

桜島では少ない雨量でも土石流が発生するとされており、特に野尻川での発生回数は、多い年で二十回を越えており、全国の河川でも著しく多い。

土石流の流下する速度は秒速十メートル以上、最高秒速二十メートル（時速七十二キロ）。これは、土石流が発生してからわずか五分ほどで、山頂付近から下流区域に到達するスピードで、何度も甚大な被害をもたらしている。

土石流により特に大きな被害が出たのは昭和四十九（一九七四）年で、第一古里川で河川工事中の三名が土石流によって犠牲となり、同年八月九日にも、局地的な豪雨が一瞬にして野尻川下流を襲い、防災工事中の作業員ほか、両親の作業を見学していた学童も巻き添えとなり、死者五名を出す悲惨な事故が発生した。

これらの事故を踏まえ、鹿児島県と建設省は防砂事業を実施し、土石流の除去や、流堤の工事を進め、現在では主要な河川に土石流センサー（ワイヤー式とレーザー式）が設置され、常時監視されている。

桜島史の中で、記録上最も激しい噴火は、大正三（一九一四）年一月十二日午前十時五分の大爆発から、四（一九一五）年にかけて起こった大正大噴火だ。この噴火により、軽石・火山灰などの噴出、溶岩の流出が発生し、多くの死者の発生や村落、田畑が埋没した。

対象噴火の前兆現象として、霧島での地震の発生と噴火、伊集院での地震、桜島や鹿児島市付近での地震の頻発、井戸水、温泉水の温度変化や異常な噴出、または枯渇が起こった。そして、動物の異常行動や、地熱の上昇、鳴動、噴火直前の南岳頂上付近からの水蒸気の突出などがあげられる。

これらの前兆が起こった後、噴火前日の一月十一日には、横山、赤水の東片山方面から、岩石が絶えず崩れ落ち、強い揺れによってそれらが崩壊する音は、まるで雷鳴のようであったといわれている。また、同日午後三時ごろには、小池の東方の権現あたりには、一条の白煙が上がってすぐに消えた。また、午前八時ごろには、南岳旧噴火口からもまんじゅう形の白煙が上がるのが目撃されている。

一月十二日午前八時ごろ、東桜島の鍋山付近から噴煙が上がった。数分後には、今度は西桜島村の上方、海抜五百メートルあたりからも噴煙が上がり、約二時間後の午前十時五分になってから大噴火が始まった。

西桜島村赤水付近の直上、海抜三百五十〜四百メートルの中間の谷間から突然黒煙が噴出し、轟音を伴って噴火した。五分後には炎がその先端から吹き出し、直径七〜九メートルもある大岩が落下した。噴煙は七千メートルにも達し、たくさんの電光が走った。

翌日一月十三日、爆音は激しさを増していき、この日の午前一時前後に最も強烈な爆発が起こった。午後四時ごろには噴煙は八千メートルにまで達した。

その後も噴火はとどまるところを知らず、閃光を伴いながら噴石をまき散らした。この噴火で火砕流が発生し、小池、赤生原、武部落は全焼し、ほかの地域の一部でも火災が発生。この日の夜には噴火が弱まりはじめ、溶岩の流出が始まった。

次々と流れ出る溶岩は村や集落を埋めながら海岸に達し、そのまま海へと流れ出ていった。この溶岩流出によって、五百メートルほどあった瀬戸海峡は次第に埋まっていき、二十九日には海峡を埋め尽くして大隅半島と陸続きになった。

この噴火により、六十三名の尊い命が失われた。

　この時の噴火の凄まじさを後世に残すため、黒神地区には「黒神埋没鳥居」が残されている。

　噴火後、住民は神聖な鳥居を掘り起こそうとしたのだが、当時の村長であった野添八百蔵氏の「後世に噴火の記録を残そう」という

英断により、噴火直後の姿そのままで残っている。

　このように、噴煙活動によって甚大な被害を受けながらも、住民はこれに屈することな

く農地の改良をはじめ、逆に火山によって与えられた効果の利用と開発に努めている。

桜島と言えば、世界一重い大根としてギネスブックにも登録されている桜島大根や、小ぶりで甘みが強い桜島みかんなどの農作物は有名で、これらは噴煙の影響によって作られた土壌をうまく活用して作られている。さらに、鹿児島には至る所に温泉があるのだが、これも火山が与えてくれた恩恵であり、文明社会に生きる現代人のストレス解消に一役買っている。


そして、桜島は近年パワースポットとしても人気があり、強力なエネルギーをもつ火山からパワーをもらうことができるのか、桜島を訪れたら元気になるという声もあるほどだ。

その桜島の中でも特に、パワースポットとして人気となっているのが月讀神社で、この神社は和銅年間（七〇八〜七一五）には創設されたと伝わる由緒ある神社だ。

大正噴火によって埋没してしまったものの、昭和一五（一九四〇）年に現在の場所に移された。桜島を訪れた際にはぜひ参拝し、そのエネルギーを肌で感じてみるといいだろう。

コラム三

西南戦争における一番の激戦区は？

薩摩軍と政府軍が争った西南戦争において、一番激しい戦闘が繰り広げられたのは何処だったのか。

前述したとおり、西郷隆盛が戦死し、およそ八か月に及ぶ戦闘に決着がついたのは鹿児島県鹿児島市の城山だった。

しかし、戦場となった鹿児島、熊本、宮崎、大分の中でも、西南戦争の中で一番多くの死者を出し、最大の激戦区だったのではないかといわれているのは、熊本県熊本市にある田原坂である。

西南戦争の戦死者は両軍合わせて一万四千人だが、およそ四分の一は田原坂で亡くなっている。

どうして田原坂がこれほどまでに過酷な戦場となったのか。それは、三月四日〜二十日にかけての一七日間、熊本城に籠城している政府軍の主力部隊を援護しようとした別の政府軍が唯一大砲が通ることのできる田原坂を通ろうとして、それを何としても食い止めたい薩摩軍との間で、局地的な激しい戦闘が発生したからである。

この戦闘で打ち合った鉄砲玉は、政府軍だけで一日最大三十万発を超えるといわれ、打ち合った弾が多すぎて、空中で玉同士が衝突することもあり、その衝突した弾を「かちあい弾」とよんだそうだ。

現在、田原坂は国の史跡となっており、公園として整備されている。園内には、当時の戦闘の激しさを物語る弾痕の家や資料館があり、すぐ近くには官軍墓地がある。

そして、この公園のシンボルともなっているのが、公園駐車場から入ってすぐ目に付く位置にある「美少年像」で、西南戦争を歌った民謡「田原坂（豪傑節）」に出てくる、薩摩軍の美少年をモチーフに作られている。

第六章　怖い風習

オットイ嫁女

遥か昔、封建時代には強い階級意識が存在し、人が結婚するにしても同じ階級同士でなければならなかった。

結婚すること自体も、親の権限が強かったために、両親の承諾なくしては結婚することができなかった。なので、同じ集落内で結婚することが多く、集落外の人との結婚というのは難しかったそうだ。

平民の中でも正式に結婚できるのは分限者だけであり、結婚するためには多大な苦労が必要であった。まずは仲人を頼み、結納として金銭を包み、鯛や酒などたくさんの贈り物をしなければならなかった。そのため、貧乏人は、とてもじゃないが結婚式など挙げることはできなかった。

このような貧困と階級を理由として、多くの「オットイ嫁女」が起こっていたといわれている。「オットイ」は鹿児島弁で「盗む」という意味であり、つまり嫁女オットイは略奪結婚のことだ。もちろん、現代の社会常識からすると許されるものではないが、当時の人々は様々な事情からオットイ嫁女に及んだ。

その理由として、懐事情が厳しく物入りを減らしたい場合や、男女間の合意はあるが親の了承が得られない時、また早く働き手が欲しいときといったものだった。

特にオットイ嫁女を行っていたのは貧農民の男たちで、田畑も財産もないため、嫁をもらうには見ず知らずの女を略奪して強引に嫁にするしかなかった。そういったことから、「オットイ嫁女」と呼ばれるようになったのだ。

このような無謀な手段ではあったものの、お互いの家が貧乏であることが多く、当時は案外うまくいくことも多かったのだという。

しかし、これはあくまで「昔」の話であって、現代であれば許されることではない。

実は、今から遡《さかのぼ》ることわずか六十年足らずの昭和三十四（一九五九）年には、オットイ嫁女の風習を全国に知らしめる事件が発生している。

大隅半島在住の青年が、二度にわたって結婚を申し込んだが断られ、伯父と従兄弟に協力してもらいオットイ嫁女を実行に移した。

昔は、オットイ嫁女が成功した場合、初夜を奪われた女性は他の人と結婚できないという理由で、そのまま結婚するのが習わしだったそうだが、現代ではそうはいかない。

青年の元には警察が訪れ、強姦致傷罪で逮捕されることになった。

なんとも痛ましい事件ではあるが、実は青年の両親もオットイ嫁女によって結婚したといわれており、彼は罪の意識はなかったのかもしれない。

古くからの風習が残っていた時代と現代との狭間で起こった、なんとも悲しい事件である。

牛と祭り

豊作祈願のために田ノ神をお迎えし、稲作の全過程を氏子たちが演じる模擬呪術を一般的に春祭りと呼ぶ。

鹿児島県でも古くから春祭りは行われていたのだが、その中でも鹿屋市有形文化財に指定されている「カギヒキ神事」と、鹿児島県無形文化財に指定されている「ガウンカウン祭り」では牛が登場する。

この二つの祭りではそれぞれ、「模型型の牛」と「牛の面」が登場するのだが、これは田を耕す際に牛を利用していることの表れなのだろうか。

実は、今ではあまり知られていないのだが、昔は七夕行事に合わせて黒牛の被り物をした子供達が集落内を徘徊していたと伝えられている。つまり、催事の際には田畑とは関係なく牛が用いられてきたという事だ。これは何を意味するのだろうか。

古い文献から牛が出てくる箇所を探ってみると、

「摂津国東成郡撫凹村に一人の富裕な金持ちがいた。彼は韓神にそそのかされて祈り、祭りとして七年もの期限をつけて毎年一頭の牛を殺して供えた」（日本霊異記・中巻第五）

「皇極天皇元年秋七月二十五日、群臣が語り合って村々の神官の教えに従い牛馬を殺し諸神の神に祈ったり、或いは市を別の場所に移したり、また川の神に祈ったりしたが雨乞いの効き目はなかった」（日本書紀）

「桓武天皇延暦十年秋九月十六日、伊勢・尾張・近江・美濃・若狭・越前・紀伊などの国の百姓、牛を殺し漢神に捧げ祀る事を禁止した」（続日本記）

他にもいくつかあるのだが、これらの殺生が行われていた時代は、仏教の戒律等によって食肉が禁止されていた時期と被っている。なぜ、人々は牛馬を殺すことが禁じられていたにもかかわらず、それに従わなかったのだろうか。

その理由には、韓神が大きくかかわっているというのだ。

「韓神にそそのかされて祈り、祭りとして七年もの期限をつけ、毎年一頭の牛を殺して供えた」（日本霊異記・中巻第五）

「牛を殺し漢神に捧げ、祀る事を禁止した」（続日本記）

とあるように、韓神（漢神）のために牛を殺したとあるのだ。

その韓神とは一体何なのだろうか？

「韓神とは百済系の神です。園神とは曽富利神、即ち新羅系の神」（古代朝鮮と日本文化「金達寿　著」）

「韓神祭、上代において二月十一日に行われた。宮内省の内にまつられてある韓神社の祭。中世以後、衰え廃絶した」（広辞苑）

人々は韓神への畏れから、最上級の供物として牛を生贄に捧げることを選んだ。

有名な菅原道真が牛に乗った図は、怨霊となった道真に対して、神として祭祀するために牛を捧げたという証なのだ。

そして、神に捧げられた牛は、「神人共食」されてきた。

神道では、同じ神を崇拝する集団（神職及び氏子）が、祭りの後などに神饌や供物を共に食すこと、また、神と人が共に飲食することを神人共食と呼ぶ。神が召し上がったものを私たちが口にすることで、神の力を体内に入れることができるという発想だ。

この神人共食を広く探っていくと、かつて行われていた、現代の我々からすると恐ろしくも感じてしまうような風習が露見してくる。

生贄として捧げられてきた牛の屠殺が禁止されると、沖縄・奄美地方では山羊・豚・鶏が使用されるようになったのだが、では、牛は何の代用だったのか。この供物の歴史を辿っていくと、なんと、それは人間に到達するのだ。

中国の山岳地帯に住むパイクーヤオと呼ばれる少数民族の葬式では、かつては死者が出るとその子供たちが共食する習慣があったのだが、後にこの風習を改め、水牛を殺してその肉を食べるようになったという。

このような風習は、現代の我々も行っている形見分けに繋がるものであり、高齢者が身に着けていたものにはその魂が宿っていると考えられ、それを頂戴することによって故人の魂を受け継いでいくというものだ。

日本ではこのような話が伝わっている。

「那覇で金持ちの家になると、七十歳以上の人が死ぬ場合、今日でも女子の会葬人だけに豚肉料理を主にしたご膳を出すが、私の子供の時分までは、那覇付近の田舎で、会葬人全部に之を振舞い、おまけに酒まで出したところがあった。

昔は死人があると、親類縁者が集まって、その肉を食った。後世になって、この風習を改めて、人肉の代わりに豚肉を食うようになったが、今日でも近い親類のことを真肉親類といい、遠い親戚のことを脂肪親類というのは、こういうところからきた」（をなり神の島「伊波 普猷」）

「愛知県三河地方西部の事例。

女子の尊父は（略）この集落で生まれた人で、優秀な頭脳・能力の持ち主として村政の要職にあり、近在にもその名を知られる有力者であった。（略）当時この集落では、傍らの山の頂で荼毘に付すのを常とし、親類一同が藁束を幾つか持ち寄り、井桁に組んだ丸太の上の載せて焼いていた。十年ほど前から市街地の火葬場へ持って行くようになった。

集まった親類中の人々が、頭の良かった故人にあやかろうとして、焼けた脳味噌をそれぞれに食べたというのである」（現代日本の食屍習俗について「近藤雅樹」）

現代では考えられないような習俗について、近藤雅樹氏は、
「火葬後、近親者が集まり、遺骨を粉にして服用する。あるいは食屍はアブノーマルなことに思われる。しかし、長寿を全うした者、崇敬を集めたい人物が被食対象となっていることからは、死者の卓越した生命力や能力にあやかろうとする素朴な思いが反映していることを認めることができる。最愛の妻などの遺骨をかむことに対しても、愛惜の感情が表明されている。これらの行為は、素朴な人間感情の表出であると考えてよい」（現代日本の食屍習俗について「近藤雅樹」）

このように、元々は生贄や捧げ物などには人が利用されてきたのだが、時代の移り変わりとともにそれらは牛や豚に取り替えられ、神への捧げものとしての牛が定着したことにより、その他の祭などにも牛が利用されるようになったと考えられるのだ。

奄美の風葬洞

風葬とは、死体を埋葬せずにさらす葬法であり、世界的に見ると、アジア、オーストラリア、南北アメリカなど広い地域でみられる。

日本では、沖縄をはじめ南西諸島で風葬が行われていたのだが、現在は行われていない。『南島雑話』という、幕末の薩摩藩士・名越左源太が著した奄美大島の地誌には、風葬についてこのように書いてある。

「死者を入れる穴蔵をとふろといい、桶共に収め置く。三年忌に仙骨し、先祖の遺骨と一緒にとふろの中に収め置く。笠利間切の宇検村などにみられる。昔は島中このようであったが、今は大和の風に習って土葬である」

とふろとは、とふる・風葬洞のことであり、奄美群島の北東部に位置する喜界島ではこうした風葬洞をムーヤといっている。

宇検村では風葬洞のことをモヤと呼び、二か所のモヤがあった。うる石で囲み、うる石を敷いたもので、ざる三十杯くらいの骨が入れてあった。ここでは、昔の葬制が崩れたのは明治末期頃で、元あったモヤも現在の海辺の共同墓地に移されたという。

この死者の骨を洗うという行為は、時代と共に衛生的に問題があるとみなされたうえ、肉親の遺体を洗うという過酷な風習だったために、火葬が推奨されるようになり、次第に行われなくなっていった。

しかし、一部の離島では洗骨の風習は現在でも存続しており、年配者の中には代々受け継がれていた形での風葬を望むものも多いのだという。さらに、仙骨の儀式は身内以外には公開してはいけない習わしがあり、今となっては貴重なものとなっている。

現代人からすれば恐ろしくも感じるこの儀式も、古来より伝わる、故人の穢《けが》れを落とすための大事な儀式であったのだ。

先島丸

熊毛郡屋久島町

屋久島には「先島丸」という独特の葬送の儀式が存在する。

屋久島の墓には、墓石に葬る前に一時的にお骨を安置する小屋型の「魂屋」というものがあるのだが、かつてその小屋には一面に先島丸という船の絵が描かれていた。

これは、死者の魂を乗せて流す船という意味であり、その行先は死後の世界という事になる。死後の世界というのは、天上界であったり、地獄や、海の向こう側の世界というイメージで捉えられることが多いが、屋久島の場合、死んだら海の向こうのあの世に行くという死生観から、このような風習が生まれたのだろう。

ちなみに、先島という地名は実際には存在しないのだが、日本地図の琉球諸島の下には小さく先島諸島の表記がある。これは、宮古諸島や八重山諸島の総称であり、亡くなった霊は実在の島ではなく、先島という海の向こうの遥か彼方に行くという事を表しているものだと思われる。

また、屋久島の隣にある種子島では、あの世のことを「先の世」といい、これは先島と同じ意味である可能性が高い。

そして、奄美・沖縄まで範囲を広げると、こちらにも海上他界観があり、海の向こうの遥か彼方にあるあの世を「ニライカナイ」と呼んでいる。


これまでに発見された古墳の中に船型棺が発見されていることから、海上他界観ははるか昔から人々の死生観として存在していたという事になる。

「我国の古墳内から発見される所謂、船型石棺が果して曽って舟葬を行ったことを証明するかどうかについては、学者の間に賛否両論が分かれておる。然し自分としては古代の墳墓より発見させられる粘土槨とか木炭槨といわれるものは、原始的の舟型の木棺を押し込んで埋葬した如く考えられる。また木棺の残片の中にも船木の転用であったらしい例証が発見されておる」(日本の神話「松本信広」)

また、かつて熊野で高僧達が捨身行の一つとして行った、激しい修行の末に小舟に乗り込んで消息を絶つ、補陀落信仰も、海上他界観の一つだろう。

熊野の補陀落信仰で船出の場所として有名なのは熊野の浜で、数十名の行者が補陀落を目指したといわれている。

ではなぜ、このような海上他界観が生まれたのか。

その根底にあるのは再生で、人が死んだあと霊魂は肉体を抜けて、海の彼方に赴き、そこで清められた後、再び子孫の待つ現世に帰って来るという「再誕生」の信仰があるためだ。

ではなぜ、再誕生の地が海の彼方なのかというと、それは太陽も再生するという考え方に基づいており、太陽は朝陽として生を受け、昼間に活動し、黄昏時に西の海に沈んでいく。これを一日の生命の終わりと捉え、夜間はあの世で生活したのち、朝になると復活して、朝陽となる。この一連の流れを太陽の再生だと考え、太陽の沈む先を冥府だとして、それを人間の冥府と重ねた。

こうした考えから海上他界観は出来上がっていったのだ。

昨今においても、お盆の海は地獄の釜が開いており、死者に引き込まれるから入ってはいけないと語り継がれているし、お盆の海に入ったせいで恐ろしい体験をしたという話もある。その言い伝えの元になっているのが、再誕生の信仰であり、海上他界観なのだ。

ボゼ

鹿児島郡十島村

トカラ列島の一つに、悪石島という島がある。

名前からして興味をそそられる島なのだが、その由来は、「島のあちこちに石があり、岸から落ちてきそうだから」や、「平家の落人がこの島に辿り着き、追手が来ないようにこの名前を付けた」などの説がある。

島内各所には神が祀られ、島民は日々の平穏への祈りを捧げているという信仰深い島なのだが、そんな神々の中でも有名なのが仮面神ボゼだ。

ボゼは盆の終わりに現れる仮面装束で、盆行事に幕を引くことによって、人々から死霊を遠ざけて、新たな世界の幕開けとするという説もあるようだが、はっきりとはわかっていない。

かつては、トカラ列島の他の島にもボゼの習慣があったそうだが、現在でも受け継がれているのは悪石島だけだ。


盆の最終日に当たる旧暦七月十六日に、ボゼの面を被った数人の青年が、クバやシュロの葉をまとって、手にはペニスを模した赤塗の棒を持ち、人々を叩いたり、若い女や子供を追い掛け回す。

仮面は、竹籠を伏せたものに目、鼻、大きな口、異常に大きな眉と瞼《まぶた》が付いている奇怪なものだ。

子供達はその異様な姿に逃げまどい、辺りは笑いと叫び声に包まれて騒然となる。ボゼに赤い泥水を擦り付けられると、悪霊が払われるといわれており、女性は子宝に恵まれるのだという。

騒動が一段落すると、ボゼは広場の中央に集まって踊り始める。その後、もう一度太鼓の合津で子供たちを追い回しながら、ボゼはその場を去っていく。

こうして人々は穢れをはらい、無事に盆が明けるというわけだ。

また、悪石島には、太平洋戦争期の昭和十九（一九九四）年八月二十二日夜、貨物船対馬丸が学童疎開の児童達を乗せて長崎へ向かっていたところ、アメリカ軍の潜水艦の魚雷によって撃沈され、乗客一万四千名以上が亡くなるという悲劇の慰霊のために建てられた、対馬丸慰霊碑がある。

慰霊碑は、悪石島で一番標高の高い山である御岳に設置されている。

信仰深い島の人々の祈りによって、犠牲者の方々の魂も安らかに眠っているのかもしれない。

トシドシ

薩摩川内市

東シナ海に浮かぶ美しい列島がある。その名は甑島列島。

鹿児島県薩摩川内市に属しており、豊かな漁場があることでも知られている。上甑島、中甑島、下甑島の有人等三つと、多数の小規模な無人島で構成されている。島では独自の文化を育んでいるのだが、その中でも「トシドシ」はそれらを代表するものである。

この民俗行事は昭和五二（一九七七）年に国の重要無形民俗文化財の指定を受け、平成二一（二〇〇九）年にはUNESCOの無形文化遺産に「甑島のトシドシ」として登録されている。

元々は、上甑島、中甑島、下甑島のそれぞれでトシドシは行われていたのだが、現在行われているのは下甑島だけだ。

毎年大晦日の夜、トシドシは首のない馬に乗って山の上からやってくる。

その顔はまるで鬼のようで、鈴を鳴らしながら家々をまわり、その年に子供がした悪いことなどを指摘して懲らしめる。子供たちは、ただでさえ首のない馬の乗ってやってきた鬼のような姿に恐怖しているのに、自分がした悪いことをトシドシが知っていることに、さらに恐れおののくことになる。その後、その子供がした良いことに関してはきちんと褒めて、次の年からはもう悪さをしないことを約束させ、約束した褒美として年餅を授けて帰っていく。

この一連の行事を終えた後、人々は無事に新年を迎えることができるといわれている。

この行事がいつごろから行われていたのかは定かではないのだが、現在、トシドシは存続の危機にあるといわれている。過疎や少子化に伴い、子供のいる家が年々減少していることに加え、トシドシ役の成り手が少ないことが原因とされている。

また、トシドシは神聖な儀式であるため、一般公開が拒まれていたのだが、行事保存のために観光化を望む声もあるという。しかし、見世物としてしまっては行事の意味がなくなるという声も多く、慎重な議論が続けられている。

全国的に見ても、こういった古くからの行事等は、過疎化・少子化・ライフスタイルの変化などによって存続の危機に立たされているものも多いが、その土地独自の貴重な文化として、行く末を見守っていきたいものである。

参考文献
『鹿児島ふるさとの神社伝説』高向嘉昭（南方新社）
『鹿児島ふるさとの祭り』浦野和夫（南方新社）
『鹿児島の伝説』椋 鳩十、有馬英子（角川書店）
『かごしま歴史散歩』原口 泉（日本放送出版協会）
『西南戦争』小川原正道（中公親書）
『誰も書かなかった 西郷隆盛「裏」伝説』高橋伸幸（Panda_HISTORY）
『鹿児島「地理・地名・地図」の謎』原口 泉（じっぴコンパクト新書）
『デクァンビッチョの滑稽譚』松之段厚（近代文芸社）
『桜島―噴火と災害の歴史』石川秀雄（共立出版）
『怨霊神社』日本怨霊研究会（竹書房）
『ふるさとのお社』鹿児島県神道青年会（鹿児島県神道青年会創立四十周年記念事業実行委員会）
『三国名勝図会』

参考インターネットサイト
『ハピズム』http://happism.cyzowoman.com/
『朱い塚―あかいつか―』http://scary.jp/

濱 幸成（はま　ゆきなり）

1989年生まれ。福岡県出身。500カ所以上の心霊スポットをまわった、ベンチプレスMAX130kgの「肉体派心霊研究家」兼「心霊作家」。日本だけでなく、海外のオカルト調査にも力を入れている。趣味はオカルト・釣り・筋トレ。著書に『福岡の怖い話』『福岡の怖い話・弐』『九州であった怖い話』（TOブックス）。テレビ出演『稲川淳二の怪談グランプリ2017』（関西テレビ）、『バリすご8』『ももち浜ストアタ方版』（西日本テレビ）。イベント出演『怪談話の夕べ2017』（山口敏太郎氏 開催）、『福岡の怖い話イベント』（THEリアル都市伝説福岡 開催）。

Twitterアカウント：@iranikuy
ブログ：http://yukinari1204.hatenablog.com/

鹿児島の怖い話
～西郷星は燃えているか～

2018年6月1日　第1刷発行

著　　者　　濱 幸成
発 行 者　　本田武市
発 行 所　　TOブックス
〒150-0045 東京都渋谷区神泉町18-8
松濤ハイツ2F
電話 03-6452-5766（編集）　0120-933-772（営業フリーダイヤル）
FAX 050-3156-0508
ホームページ　http://www.tobooks.jp
メール　info@tobooks.jp

印刷・製本　　中央精版印刷株式会社

ISBN978-4-86472-688-7　　Printed in Japan